Journal
d'un apprenti pervers

ALEX
TAYLOR

Journal d'un apprenti pervers

RÉCIT

J'AI LU

Je l'ai pris pour l'amour, c'était un passant
Une éternité de quelques instants...

L'homme de Berlin, Édith PIAF.

AUJOURD'HUI

Emmitouflé

Il arrive à certains moments clé dans notre vie que surgisse ce type de questions :

Comment ai-je fait pour en arriver là ?
Quel est le sens de la trajectoire que j'ai tracée ?
Pourquoi celle-ci et pas une autre ?
Quel regard porter sur tout ce qui m'a inéluctablement amené à être la personne qui vit cet instant précis de son existence ?

La dernière fois que je me suis posé ces questions, j'étais habillé d'une combinaison intégrale de latex noir, le dos ruisselant de sueur. Si je transpirais autant, c'est que j'étais attaché à l'aide de grosses sangles en cuir à un radiateur mural chauffant à environ 30°. Ma tête, elle, était enfermée dans un masque à gaz, ce qui ne faisait qu'accroître la possibilité dans un avenir plus ou moins proche d'une combustion quasi spontanée de ma personne.

Le masque à gaz était relié à un énorme tuyau en caoutchouc à double usage. Dans un sens j'avais la possibilité d'aspirer un peu d'air. Dans l'autre, un homme en uniforme de cuir noir pouvait, lui, souffler en direction de ma bouche et de mes narines des bouffées de fumée émanant d'un énorme cigare Churchill, bague numéro 7, sur lequel il s'appliquait à tirer longuement et puissamment.

Ce n'était pas sa seule occupation. De temps à autre il délaissait son cigare pour tapoter sur une télécommande qui lui permettait d'augmenter ou de diminuer le courant des électrodes qu'il avait auparavant installées sur mon pénis et sur mes testicules. Le fait que je payais ce monsieur quelques centaines d'euros pour mener à bien ce scénario ne faisait qu'ajouter au caractère pressant des questions qui se présentaient à moi, emmitouflé que j'étais dans ce nuage de fumée nauséabonde...

Les réponses que j'ai pu apporter, vous les avez entre vos mains. Je ne sais pas si l'on peut tirer quelques conclusions de mes expériences : je les donne en tout cas à titre de témoignage. J'ai écrit ce livre, à l'aube de mes cinquante ans, comme si j'obéissais à une impérieuse nécessité. Parfois je me suis demandé si je voulais vraiment le publier. Il a fallu que j'attende d'en écrire les toutes dernières lignes pour comprendre pourquoi je n'avais pas le choix...

Toi

Des roses jaunes, il n'en reste plus depuis longtemps. Seulement la nonchalance du lierre, indifférent au murmure lointain du boulevard Ménilmontant. C'est l'une de ces journées du mois de mars où il aurait dû faire plus chaud ou plus froid.

Un rayon de soleil inonde une plaque sur le mur de gauche. Du mauvais côté. Cela aurait été tellement plus poignant qu'il tombe sur la tienne. Je lis le nom de ton frère. Entre vous deux, une croix avec des bouts en forme de flèches, le tout drapé de quelques vieux restes de toiles d'araignées…

Par terre des feuilles. Elles non plus ne sont pas à leur place. Ce sont des feuilles d'automne, venues trop tôt ou trop tard. La Vierge, quant à elle, regarde l'inscription de ton nom avec une froide béatitude.

En plaquant davantage mon visage contre la vitre je distingue les noms de ta lignée, noms que j'ignorais jusque-là. Il est d'ailleurs assez difficile de les lire à cause du jeu de lumière entre ombre et soleil. Madame Veuve Courtecuisse. Puis, en dessous, un certain Rodolphe Eugène Marcel Napoléon Courtecuisse, décédé le 3 juin 1895 à l'âge de 43 ans. Quand tu es parti, tu avais quatre ans de moins que lui.

Et je me surprends à te demander pardon.

HIER

Mrs Peel

La ville de St Austell est la plus grande agglomération des Cornouailles, bien que la plupart de mes compatriotes auraient du mal à la situer sur une carte. Si l'on considère la Grande-Bretagne, géographiquement parlant, comme un chauffeur de voiture, elle est logée en dessous du pied gauche. St Austell est surtout fière d'être le plus grand centre de production de kaolin au monde. Cette poudre blanche fournit la matière première dans la fabrication de porcelaine et de céramique. Au cours des années 1960 en Grande-Bretagne on en mettait également beaucoup dans les pâtes dentifrices.

Le kaolin (ou *argile de Chine* comme on l'appelle sur place) est extrait de cette vieille terre celte à l'aide d'énormes pelleteuses. Celles-ci rejettent allègrement leurs débris dans d'énormes houillères grisâtres, donnant naissance à un paysage tout à fait unique, constitué d'une alternance de montagnes argentées et de vastes et profonds cratères dans lesquels se forment, avec le temps, une multitude de lacs laiteux et stagnants.

La bizarrerie de ce décor n'a pas échappé aux producteurs de la télévision britannique, surtout ceux chargés de la réalisation de feuilletons pour les enfants. La BBC avait conçu à l'époque une série de science-fiction intitulée *Dr Who*, série qui connaît d'ailleurs une renaissance spectaculaire aujourd'hui, quarante ans après. L'intrépide *Doctor* est un savant aventurier aux origines extraterrestres incertaines, qui voyage dans l'espace grâce à un moyen de transport assez peu probable : une cabine de la police britannique.

Cette cabine porte un nom : *The Tardis*, abréviation de « *Time And Relative Dimensions in Space* » – le temps et les dimensions relatives de l'espace – acronyme qu'aucun de mes compatriotes ne serait capable de sortir à brûle-pourpoint. Cet engin, à part ses étonnantes capacités de propulsion dans le cosmos, présente la non moins surprenante caractéristique d'être bien plus grand à l'intérieur qu'il n'y paraît de l'extérieur. Le Tardis permet ainsi de relier des galaxies lointaines et notamment des planètes peuplées par les créatures les plus ubuesques.

La production avait nettement moins de moyens qu'aujourd'hui où la dernière version de la série bénéficie d'une débauche d'effets technologiques les plus perfectionnés. Nous n'en étions pas là à l'époque. Afin de réduire les frais de tournage en studio, les équipes venaient souvent tourner à St Austell dans ce paysage si particulier, à quelques minutes de la maison où j'ai grandi. Chaque été, pendant quelques semaines, avec les autres enfants du village, tous férus de la série, nous suivions en exclusivité les dernières aventures du Docteur, confronté à toute une panoplie de malveillantes puissances extragalactiques.

Il s'agissait très souvent – sans doute là aussi dans un souci d'économie – des *Daleks*. Ce sont des robots peu commodes qui passent leur temps à circuler, antennes en forme de bras tendus en avant, aboyant à tue-tête : « *Exterminate ! Exterminate !* » Il n'était pas nécessaire d'examiner l'écran de télévision avec l'une de nos loupes d'école pour se rendre à l'évidence : ces antennes métalliques, d'où sortaient leurs puissants rayons laser mortels, n'étaient rien d'autre en réalité que de vulgaires ventouses de lavabo repeintes en gris chromé. Cela ne rendait pas les Daleks moins terrifiants à nos yeux, et ces abominables automates peuplaient nos cauchemars de jeunesse.

Ce n'était pourtant pas la seule scène étrange qui se déroulait au milieu de ce paysage luminescent. Certains soirs, alors que les équipes de la BBC avaient regagné depuis longtemps leurs Bed and Breakfast, les Daleks, désœuvrés, stockés un peu tristement derrière des cordons de sécurité, devenaient les témoins d'un autre spectacle auquel rien, pas même leurs voyages extra-planétaires, pourtant exhaustifs, ne pouvaient les avoir préparés…

Devant leurs viseurs, un petit garçon apparaissait avec, pour seul projecteur, la lune. Une étole scintillante sur les bras, il traînait derrière lui de nombreux rubans de taffetas subtilisés dans l'armoire de sa mère. Contournant élégamment les étangs d'eau laiteuse, il se prenait apparemment pour Miss Trinidad and Tobago, quelques secondes à peine après qu'elle eut appris sa victoire à l'élection de Miss Monde...

C'était le début d'une certaine perplexité au sujet de mon identité sexuelle. Il faut dire que l'Angleterre des années 1960 favorisait ce genre de questionnement. La télévision de ma jeunesse était en effet un véritable vivier créatif. Si en France les artistes talentueux ont toujours eu tendance à opter pour le cinéma, outre-Manche, les écrivains, réalisateurs et acteurs de premier ordre préféraient souvent le petit écran et déjà à l'époque de nombreuses séries présentaient une certaine ambivalence en matière sexuelle...

Comment voulez-vous, par exemple, qu'un jeune garçon, sans doute génétiquement prédisposé à ne pas être d'une virilité écrasante ne soit pas déboussolé par une série telle que *Chapeau Melon et Bottes de Cuir* ou « Ceux qui rendent les comptes » (*The Avengers*) pour donner son titre en VO ? Ce feuilleton eut une grande influence dans la construction de mon imaginaire pendant ces premières années formatrices.

Dans cette série, la somptueuse Diana Rigg, actrice shakespearienne, incarna pendant quatre années inoubliables la divine Emma Peel. Tandis que Steed représentait tout ce qu'il y avait de plus ennuyeux et de plus conformiste dans la société qui m'a vu naître, cette séduisante amazone, toute de cuir vêtue, ne perdait pas une occasion de fouler au pied toutes les traditions poussiéreuses, administrant des coups de karaté dans les parties les plus délicates de l'*establishment*.

Pourtant l'idée qu'il y ait pu avoir quoi que ce soit de sexuel entre ces deux personnages ne m'avait jamais traversé l'esprit. C'est seulement très récemment que j'ai appris l'étymologie du nom de l'héroïne de la série, grâce à l'un de ses créateurs : « M - Appeal » ou « Man appeal », c'est-à-dire « attirante pour les hommes ». J'avais d'ailleurs été choqué par la parution, il y a quelques années, d'un travail plutôt docte de la part d'un universitaire anglais, décryptant l'hermétique chimie sexuelle entre les deux protagonistes.

Pour moi Mrs Peel n'était pas un être sexué. Elle représentait plutôt un modèle d'être humain dans tout ce qu'il avait de plus compétent et séduisant, modèle qui n'avait aucun mal à trouver sa place dans mon esprit et qui influença longtemps ma manière d'appréhender le rôle des hommes et des femmes.

Récemment je suis tombé sur la rediffusion d'un des épisodes de la série. Mrs Peel était vêtue de la tête au pied de latex noir, avec, en plus, une cagoule de cette même matière. Elle se battait dans la pluie et la boue avec un mégalomane machiavélique, qui avait eu l'idée saugrenue de vouloir accroître la pluviosité sur la capitale anglaise. Comment voulez-vous qu'un jeune garçon avec des idées déjà confuses ne soit pas influencé par ce genre de spectacle ?

Ainsi pendant des années, alors que les autres garçons de mon école primaire s'amusaient avec leurs Action Man et autres héros d'un machisme on ne peut plus plastique, le fils unique que j'étais se prenait dans son monde solitaire et hermétique pour la sublime Emma. J'avais eu la chance de trouver un complice : mon voisin, Tom, jeune garçon de mon âge. Ensemble nous reproduisions toutes sortes de scénarii, puisant leur inspiration dans les épisodes que nous avions regardés.

Tom guettait mon arrivée dans le garage de son père, et tentait de me confondre en lançant des « Haut les mains, Mrs Peel ! ». Puis, il me saisissait au niveau du cou et brandissait en guise d'arme le sèche-cheveux de sa mère pour qu'*Emma* obtempère au plus vite. Comme j'étais nettement plus grand que lui, je n'avais en général aucun mal à venir à bout du fieffé malfrat. Je portais les collants de ma mère à la place du cuir porté par l'actrice et je donnais des coups de genou étonnamment précis sur les parties délicates du jeune Tom.

Mon camarade de jeu insistait d'ailleurs pour que nous fassions certains corps à corps totalement nus. Il n'y avait là rien de sexuel. Loin de nous cette pensée. Je me souviens néanmoins de l'excitation de me retrouver sans vêtement et pour la première fois avec quelqu'un de mon propre sexe. Le risque d'être surpris par l'un de nos parents ne faisait qu'accroître notre excitation et nous procurait de délicieux frissons. Je savais fort bien que ce que nous faisions serait mal vu, sans en connaître pourtant la raison.

J'ai pu dialoguer récemment avec ce même Tom, grâce à un site Internet britannique remettant en contact des amis d'école. Ses premiers démêlés avec Mrs Peel lui ont apparemment servi car il a fait depuis une grande carrière dans l'Armée territoriale, d'abord en Irlande du Nord, puis plus récemment en Afghanistan. Après plusieurs échanges, par mail, des plus aimables, je lui ai rappelé nos joutes nudistes et brusquement… nos échanges se sont interrompus !

La sulfureuse Diana Rigg n'était pas la seule star de télévision à me servir de modèle. Katie Boyle était l'égérie des plateaux de variétés en Grande-Bretagne pendant les années 1960. Speakerine à la BBC, elle maniait le direct avec verve et élégance. Ses jambes étaient tellement lisses que la société Immac s'en était servie pour la promotion de ses produits épilatoires à l'occasion du célèbre test à la mousseline de soie *(the chiffon test)*. Ainsi, sur l'une des jambes de la délicieuse Katie, rasée préalablement à l'aide d'une vulgaire lame, le tissu s'accrochait. Sur l'autre jambe, dûment épilée celle-ci à ladite crème, le même morceau de tissu glissait suavement jusqu'à l'extrémité de ses talons aiguilles blancs !

Au faîte de sa gloire en 1968, elle fut tout naturellement choisie pour présenter le Concours Eurovision de la Chanson, organisé cette année par la télévision britannique et retransmis en direct depuis la ville de Brighton. Quelle excitation ! Je ne parlais que de cela pendant les semaines précédant l'événement. J'admirais pantois et bouche bée la facilité avec laquelle Katie passait d'une langue à l'autre : « Genève, puis-je avoir vos votes s'il vous plaît ? *Hello Oslo, may we have your votes now ?* »

Katie présentait une ribambelle de chanteurs venus des quatre coins du continent, tous chantant dans leur propre langue. Je commençais à réaliser qu'au-delà des Cornouailles il y avait un monde fait de femmes extravagantes, d'hommes qui l'étaient parfois encore davantage. Jusqu'à ce jour je ne peux entendre sans frissonner la phrase légendaire, déclinée en toutes les langues et qui venait mettre fin aux images fluctuantes en duplex, en noir et blanc, depuis les différentes capitales de notre continent :

« Et ici se terminent les votes du jury monégasque ! »

Qui aurait cru, bien des années plus tard, que j'allais recevoir un coup de téléphone du responsable de l'UER à Paris, me demandant s'il pouvait, je cite, « oser demander au journaliste sérieux et européen » qu'il voyait en moi de donner les points pour la France au Concours Eurovision 2004 ? « Vous plaisantez, a répondu frénétiquement ce même journaliste sérieux et européen, je *coucherais* avec quelqu'un pour faire cela ! » C'est ainsi que quarante ans après, avec derrière moi la tour Eiffel scintillant à la perfection et une pensée émue pour Katie, j'ai pu dévoiler fièrement à l'Europe entière le choix des téléspectateurs français. C'était la seule et peut-être même la dernière fois qu'un Britannique avait cet honneur !

Cela fait vingt ans que je fais en direct des émissions de télévision mouvementées avec tous les aléas liés à l'actualité européenne. Je n'ai jamais eu autant le trac que ce soir de mai 2004. Il y avait tout de même quelque trois cents millions de téléspectateurs, dont sans doute tous mes anciens, actuels et futurs amants rivés à leur poste ! Les hétéros ont la Coupe du Monde, nous, les gays, nous avons ce mastodonte, cette moissonneuse-batteuse du kitsch. Si l'on bafouille en accordant par exemple les votes à « l'Ancienne République yougoslave de la Macédoine » tout le monde s'en souviendra et vous rappellera cette bourde jusqu'à la fin de vos jours. Je bénis encore les téléspectateurs de France 3 de ne pas avoir voté pour la chanson macédoine, et surtout d'avoir accordé le maximum de leurs douze points au pays hôte, la Turquie. Après le classement, j'ai pu partager ensemble, me confia-t-il, en tapotant avec bienveillance sur le coussin du siège vide à ses côtés. C'était tentant : il avait l'air très sympathique avec ses friandises…

Tout à coup je me retournais, et vis surgir d'un buisson, près de la barrière, un autre homme, tout de blanc vêtu : pantalon, chemise et chaussures. Il était blond. Il me fit un grand sourire, puis me rappela qu'une série que j'adorais à l'époque commençait dans dix minutes à peine, que si je courais très vite à travers champs j'aurais plus de chances de ne pas rater le début que si je montais dans la voiture avec ce monsieur qui ne connaissait peut-être pas bien le chemin jusqu'à chez moi…

J'eus quelques instants de vraie hésitation et ce fut très clairement mon addiction à la télévision qui me fit décliner l'offre du chauffeur, pour me précipiter à travers champs aussi vite que possible, afin de retrouver ma maison et le petit écran.

Quelques mois plus tard, sur ce même poste, le journal régional s'ouvrit sur la disparition d'un jeune garçon d'à peu près de mon âge, enlevé dans une voiture à une vingtaine de kilomètres de chez nous. On n'a jamais, que je sache, retrouvé ni le corps de cet enfant, ni son kidnappeur…

Toi

Tu fais un peu pataud. Tu es penché sur ta gauche, si bien qu'on a l'impression que ton short n'est pas coupé pareil pour tes deux jambes. Tu portes un nœud papillon un peu de guingois lui aussi. Néanmoins, il y a beaucoup de fierté dans ton regard. Tu tiens fermement ton missel dans la main droite.

Ton frère fait sa première communion. C'est normal : il a huit ans, quelques années de plus que toi et il se tient plus droit, les mains croisées devant et fermées sur son livre.

De chaque côté vos parents. Ton père en costume noir très strict avec une pochette blanche, veillant sur sa famille avec circonspection et amour. Ta mère, sublime, une écharpe entourant élégamment sa tête, chaussures brillantes tournées, comme tout son corps, vers l'église, et sa main sur ton épaule gauche.

Dans le fond tes sœurs arborent une coiffure un peu choucroute. Elles vous attendent, impatientes.

Betty and Douglas

Mon père s'appelle Douglas. Il a des origines écossaises de par son père qui avait fondé la première formation de joueuses de cornemuse du Royaume-Uni, *The Dagenham Girl Pipers*. La famille côté paternel en était très fière et j'ai toujours en ma possession une photo de ce grand-père que je n'ai jamais connu, défilant en kilt avec sa troupe féminine un brin militante devant le roi Edward VII.

Ma mère aimait qu'on l'appelle Betty. Elle insistait sur ce diminutif de son prénom Elizabeth dans un souci d'éviter d'interminables plaisanteries depuis qu'elle avait décidé d'épouser un homme portant le nom de Taylor. C'est une sage initiative que je peux d'ailleurs aisément comprendre puisque, pour une tout autre raison, ce nom de famille me porte également la poisse : depuis mon arrivée en France il y a vingt-cinq ans il ne se passe pas une journée sans que l'on me fasse le coup de « My Taylor is rich ».

Or les Taylor étaient loin d'être riches. Ils représentaient gentiment la génération issue des privations de la Seconde Guerre mondiale en Grande-Bretagne. Ils ont fêté l'abolition définitive des livres de rationnement en 1957 en produisant leur seul et unique enfant. J'ai mis beaucoup de temps à sortir du ventre de ma mère, mais lorsque je me suis avisé d'émerger, je l'ai fait avec une telle précipitation que j'en ai avalé des bouts de mes propres excréments. Je fus expédié sur-le-champ dans une tente à oxygène sous le regard on ne peut plus alarmé de mes parents et du personnel de la clinique. J'en suis sorti en hurlant bruyamment. Psychologues en première année d'études et amateurs de la pensée freudienne, prenez note...

Je vois Mum et Dad sur quelques photos en noir et blanc, à l'époque de leur mariage. Ils n'avaient certes pas beaucoup de moyens mais étaient visiblement heureux de s'être trouvés. Ils se sont mariés dans la ville de Luton dans le Bedfordshire. Ce département porte, sur les lettres et les documents administratifs, l'abréviation Beds. J'avais vu très jeune la mention « *Born in Luton Beds* » sur mon certificat de naissance, et j'annonçais fièrement à mes camarades de classe perplexes que, contrairement à eux qui étaient nés dans de vulgaires cliniques, moi j'avais vu le jour dans les « lits de Luton » !

Cette ville industrielle, à une soixantaine de kilomètres au nord de Londres, est connue pour ses usines de chapeaux et pour son aéroport. Je suis né avec ce que ma mère appelait « un trou dans le poumon », ce que je n'ai jamais jusqu'à ce jour pu élucider auprès diverses autorités médicales. Il n'empêche, pour préserver la poitrine fragile de leur rejeton des méfaits du smog des environs de la capitale, Douglas et Betty ont plié bagage et élu domicile aussi loin que possible, dans cette vieille terre cornouaillaise naguère conquise par les Celtes, au fin fond du sud-ouest des îles Britanniques.

Mon père était inspecteur académique pour la moitié du duché, car cette région appartient, aujourd'hui encore, au Prince de Galles. Celui-ci aurait pu d'ailleurs porter le titre de Prince des Cornouailles et, ce faisant il aurait sans doute rendu un peu plus amènes quelques-uns des habitants du même comté, assez hargneux et prompts à la rancune quand la vie leur en fournit l'occasion.

Ma mère faisait de la comptabilité pour un restaurant dans le joli port de pêche de Mevagissey. Elle avait fait preuve d'un grand sens de l'abnégation, abandonnant tout espoir de carrière en décidant de quitter la grande métropole pour une vie plus calme dans les Cornouailles, uniquement pour que son fils puisse mieux respirer l'air dont il avait besoin pour grandir. Elle l'avait fait sans aucune hésitation. Elle arrondissait aussi nos fins de mois en faisant de la dactylographie pour des entreprises locales, tapant lettres et divers documents sur une vieille machine à écrire particulièrement bruyante et sur laquelle tout fonctionnait, à part la touche du point d'interrogation. Nos clients les plus fidèles savaient du coup qu'il fallait seulement s'adresser à nous pour des dossiers où régnait une grande part de certitude.

C'est également sur cette vieille machine que j'ai appris à taper, grâce à ma mère qui restait à mes côtés. Je l'entends toujours dicter avec patience et très clairement cette merveilleuse phrase anglaise qui a le mérite de proposer toutes les lettres de l'alphabet de façon on ne peut plus succincte : « *The quick brown fox jumped over the lazy dogs* »,

« Le renard rapide et marron sauta par-dessus les chiens paresseux »... C'est là, sur cette vieille machine et avec ma mère comme seul témoin, que je suis resté émerveillé pour la première fois devant tous ces signes, lesquels, juxtaposés et arrangés selon mon bon vouloir, constituaient d'abord des lettres, puis des mots, puis des phases entières...

Mes parents ne se trompaient pas. On avait un chien, et l'on buvait un verre d'alcool une fois par an en regardant la Mère dudit Prince le jour de Noël à la télévision. Ils étaient tout simplement des gens bien, sans histoire, en tout cas aucune qui aurait pu orienter leur fils vers l'amour des hommes et encore moins expliquer son engouement prononcé pour des pratiques plus marginales...

Les seuls vrais différends au sein de ma famille touchaient – après tout nous sommes Britanniques ! – non pas à la sexualité, mais à nos origines sociales. Ma mère m'interpellait de temps en temps sur un ton on ne peut plus grave (elle qui le reste du temps était plutôt de nature rieuse) : « N'écoute pas ton père, Alex, s'il te dit que nous sommes *working class*, nous sommes *middle class*. *Lower middle class* peut-être mais en aucun cas *working class*. »

Puisque Betty et Douglas se sont rencontrés tardivement, ils n'ont pas eu le temps d'avoir d'autres enfants et c'est ainsi que j'ai passé la plupart de mon enfance à créer seul mes propres sources d'amusement comme c'est souvent le cas des enfants uniques. Déjà conscient de mon goût pour l'étrange, voire pour l'étranger qui allait me pousser à m'en aller des années plus tard, je me souviens d'avoir informé mes parents un matin au petit déjeuner – je devais avoir neuf ans – dans une sorte de déclaration unilatérale d'indépendance, qu'à partir de ce jour, ma chambre s'était constituée en pays indépendant, et qu'il leur faudrait désormais montrer leur passeport pour y accéder. Ce pays avait sa propre monnaie, que je fabriquais en utilisant la machine à dupliquer de ma mère, et je m'étais autoproclamé Roi Mark (mon deuxième prénom) dans une cérémonie de couronnement avec pour seul témoin une voisine amusée qui était passée de façon inattendue devant ma fenêtre à ce moment-là.

Mes parents avaient les attitudes et les idées de leur génération et de leur époque. Une seule fois, j'ai perçu, à leur insu, une certaine inquiétude à mon égard. L'oreille collée contre la porte de leur chambre, j'ai entendu ma mère dire à mon père d'un ton préoccupé : « *He's been playing beauty queens around the fish pond again.* » Elle m'avait surpris une nouvelle fois me déhanchant comme une reine de beauté autour du bassin à poissons. Je regagnai ma chambre sur la pointe des pieds, bien décidé à ce que les *Miss* désormais paradent et se déhanchent uniquement dans les confins de mon pays imaginaire.

Si je me sentais en sécurité à la maison, ce n'était pas du tout le cas dès que je franchissais les portes des différents établissements scolaires que j'ai pu fréquenter. Certaines anecdotes me reviennent en mémoire. Par exemple à l'âge de six ans, à l'école primaire la chance voulut que ce soit à moi d'interpréter un jour devant mes camarades de classe le rôle d'un prince venu à la rescousse d'une princesse détenue par des pirates. Mes pairs étaient assis dans une grande salle de gymnase et attendaient impatiemment que je vienne, épée brandie, délivrer la captive.

Notre institutrice, la solide Mrs Old, annonça d'une voix tonitruante : « Alex, notre courageux héros, va maintenant arriver à la tour secrète pour venir en aide à la belle princesse Jennifer... » Celle-ci prenait son rôle très à cœur et poussait de longs sanglots cabotins. J'avais déjà conscience à l'époque de l'impérieuse nécessité d'adopter une dégaine des plus viriles. Mon cœur battait. La salle se tourna vers moi, silencieuse, haletante...

Je soulevais de façon résolue mon arme en plastique, et me lançais à travers la salle, tout en affectant une mine et une dégaine des plus rassurantes, et surtout la plus masculine possible, du moins le pensais-je... Hélas, ma démarche devait être tellement peu convaincante que non seulement tous mes camarades de classe se mirent à ricaner, mais chose encore plus humiliante ! la Princesse Jennifer, elle aussi, éclata d'un fou rire avant de confier à Mrs Old, d'une voix suffisamment forte pour que toute l'assistance en profite : « Je ne veux pas de lui pour me secourir... »

C'est l'un des moments les plus humiliants de ma vie et, même aujourd'hui, mes paumes deviennent moites rien qu'en me remémorant le terrifiant souvenir de cette scène. Une vingtaine d'années passées à soulever de la fonte dans toutes les salles de sport d'Europe n'ont jamais réussi à l'estomper.

Il existe toute une terminologie en anglais dans le domaine de l'identité sexuelle qu'il est difficile, voire impossible, de traduire en français. C'est assez révélateur des différences d'attitudes de nos deux cultures à l'égard de la virilité et de la féminité. Il y a déjà le terme « *pansy* », utilisé dans un premier temps pour la fleur, la pensée, mais qui a une deuxième signification correspondant plus ou moins à « mauviette », insulte que j'appréhendais déjà. Ce quolibet, avec sa connotation de *poule mouillée*, n'était rien en revanche comparé à ma hantise de me faire traiter de « *sissy* ».

Comment le traduire ? Mon dictionnaire propose peureux, puis pédale. Il s'agit d'approximations et elles sont à des années-lumière de tous les non-dits et de tous les a priori culturels attachés à ce seul substantif, même et surtout lorsqu'il sort de la bouche des enfants.

L'absence d'une traduction adéquate en dit long sur les attentes différentes de nos deux sociétés en matière d'identité sexuelle.

Autant en France la pression est forte sur les femmes et les jeunes filles pour qu'elles correspondent à un idéal de féminité absolue : belle, élégante et un brin froide, style Catherine Deneuve, autant la pression exercée sur l'homme français pour qu'il se conforme à l'image parfaite d'une masculinité affirmée est moindre. Cette pression sur la femme française touche même la culture des lesbiennes. J'ai été très impressionné lors de ma première et unique visite dans une boîte de lesbiennes à Paris, le Katmandou, par l'absence de camionneuses, comme on en voit souvent dans des pays plus nordiques, et au contraire la profusion de filles élégantes. L'un des débats les plus houleux que j'ai animés tout récemment sur la chaîne Pink Tv opposait les lesbiennes *butch* aux lesbiennes *lipsticks* (celles qui se mettent du rouge à lèvre), ce qui prouve à quel point ce débat est encore brûlant aujourd'hui chez nos amies homosexuelles.

En France, les hommes qui ont une attitude efféminée sont accueillis, en tout cas acceptés, comme des intellectuels, des esthètes, des artistes. En Grande-Bretagne nous n'avons pas d'intellectuels. Nous n'avons que des marchands, des militaires et des joueurs de cricket. La pression est donc beaucoup plus forte sur l'homme pour qu'il corresponde à cette image de virilité qui imprègne toute la société. L'archétype de l'homme britannique moderne s'appelle Trevor. Trevor est marié généralement à Tracy. Il passe son temps à lire le *Sun* en se soûlant le week-end dans le pub du coin et en regardant avec ses copains un match de foot sur Sky Sports. Tout jeune garçon qui n'est pas en passe de devenir un jour un Trevor est immédiatement relégué dans la catégorie des *sissies*.

D'une certaine manière, de tels lazzis et quolibets n'ont rien à voir avec la sexualité en tant que telle. Ils portent davantage sur une certaine appartenance aux normes d'apparence et de comportement. Aucun de mes camarades à l'époque, ni moi-même d'ailleurs, n'aurait compris ce que signifiait le mot « *homosexual* », et pour rien au monde n'aurait songé à associer un *sissy* à notre conception assez embryonnaire encore des préférences sexuelles. Ce n'est que quelques années plus tard, vers onze ans, que j'ai entendu pour la première fois ce terme. C'était dans un bulletin d'information à la *BBC*. Le journaliste réussissait à insuffler la gamme entière de son dédain en arrondissant la première diphtongue du mot « *h**OOO**mosexual* », et en marquant une intonation descendante et ô combien pudibonde sur sa dernière syllabe. Je n'avais pas la moindre idée de ce qu'un tel mot pouvait signifier, même si je commençais à soupçonner placer un jubilatoire « Et ici se terminent les votes du jury français », en déclenchant, sans doute, pour la seule et unique fois de ma vie, des hurlements de plaisir simultanés de quelque soixante-dix mille Turcs réunis dans un stade de foot d'Ankara. En direct.

Je savais dès l'âge de sept ou huit ans que je trouvais les hommes plus attirants que les femmes, tout en comprenant par la même occasion que je ne devais surtout pas faire état de ce penchant. Pour le jeune téléspectateur cornouaillais que j'étais la télévision constituait donc une vitrine scintillante. C'était la seule fenêtre donnant sur un monde nettement plus glamour dont je réalisais l'existence quelque part au-delà des montagnes laiteuses qui me protégeaient pour le moment mais qui déjà semblaient boucher mon horizon. Si je me suis tant attaché – j'ai envie d'utiliser le verbe « agrippé » ! – à ces personnages incongrus, c'est sans doute que je n'en voyais pas d'autres dans mon entourage susceptibles de résoudre ma confusion et mon dilemme identitaire.

Sur un tout autre registre, je ne serais pas non plus là sans cet engouement téléphile, car un jour il m'a également sauvé la vie. À l'âge de huit ans je m'apprêtais un soir après l'école à prendre le chemin le plus court pour rentrer à la maison : celui qui traversait les champs. Il commençait déjà à faire nuit et j'avais un peu peur. Au moment où j'arrivais devant l'entrée du champ, une voiture vint à ma hauteur et la portière s'ouvrit. À l'intérieur le chauffeur me souriait et me demandait si je voulais qu'il m'accompagne jusqu'à ma maison. Il venait, par ailleurs, d'acheter quelques bonbons qu'on aurait pu l'effroi que sa seule évocation devait répandre dans les foyers.

Le lendemain je demandai innocemment à Mrs Old le sens de ce mot. « Ce sont des hommes qui s'appellent en général Cecil, me répondit-elle, qui ont le poignet mou, et qui aiment les matelots. » « Ouf, pensai-je, heureusement que je ne fais pas partie de ceux-là ! » J'avais l'intime certitude depuis que j'étais tout petit que je trouvais les hommes beaux, mais Dieu merci, je n'étais surtout pas un horripilant *homosexual*.

Cet état de grâce ne pouvait hélas durer éternellement. Quelques années après, au lycée, j'avais déjà été repéré par mes camarades de classe. Rien alors n'était aussi terrifiant que les cours de latin. Ces cours étaient administrés alternativement par Mrs Bramley et Mr Rowe. Lui avait la moustache, elle... presque pas, et une rumeur circulait selon laquelle « l'intimité avait eu lieu » entre eux avant la Guerre. Il ne s'agit pas de la Seconde Guerre mondiale, mais d'un autre conflit presque aussi rude qui les opposait depuis des années : la prononciation du *v* dans la langue d'Homère. Elle les disait comme un *v* français, *veni, vidi, vici.* Lui défendaient *mordicus* la version nettement plus avant-gardiste qui les transformait en *w* comme dans les mots anglais « *we will* ».

Comme si la conjugaison du verbe *amare* n'était pas déjà assez tortueuse, il fallait qu'on prenne garde selon le professeur à alterner la prononciation de cette lettre lors de ses apparitions assez fréquentes dans les conjugaisons du plus-que-parfait du subjonctif (*amavisti, amaverunt,* etc.) On *eût aimé* justement qu'ils se missent d'accord, mais le conflit dura jusqu'à leur retraite, et peut-être, qui sait, bien au-delà encore.

Une chose sur laquelle tout le monde était unanime, hélas ! c'était la prononciation du mot « homo » lequel était présent fréquemment dans les élucubrations somme toute assez machistes des César, Virgile et autres Horace, et dont le côté scandaleux est nettement plus marqué grâce à la prononciation du *h* à l'anglaise, c'est-à-dire tout sauf aspirée. Quelques-uns de mes pairs avaient remarqué que je rougissais de façon spectaculaire chaque fois que le mot « homo » était prononcé en cours. Ils se mettaient à chuchoter et à ricaner quelques instants avant chacune de ses apparitions dans le texte. Du coup, dès que l'on tournait une page de nos manuels, je faisais une rapide vérification pour y dénicher les éventuels « homos »... Mon cœur commençait à battre à cent à l'heure dès lors que j'en voyais un s'avançant vers moi à grandes enjambées le long des pentamètres iambiques.

Avec cette première prise de conscience – non pas du fait que je trouvais les hommes excitants : cela m'avait toujours paru on ne peut plus normal et naturel mais que l'on me rangeait dans le groupe des *sissies* ou d'*homos* – arrivèrent mes premiers fantasmes sexuels. Pour les décrire, il me faut, de nouveau, avoir recours à un mot difficilement traduisible...

Même si les Français, curieusement, supportent très mal l'idée qu'il puisse exister dans d'autres langues des mots qui ne trouvent pas l'exact équivalent dans la leur, il y a nombre de concepts qui traversent mal la Manche, et cela dans les deux sens. Ma langue maternelle n'a pas par exemple de mot pour traduire l'adjectif français *solidaire*, et sans doute plus navrant encore pour nous, rien qui ne traduise le concept exquis de tendresse ; le mot *tenderness* étant réservé dans nos bouches au côté moelleux de nos viandes bovines lorsqu'elles sont pas assez ou trop cuites, à défaut d'être bouillies.

Dans le cas qui nous occupe, il s'agit du mot anglais *bully*. À la fois substantif et verbe, il est traduit dans mon dictionnaire respectivement par « tyran » ou « petite brute », et *to bully* par « malmener ou faire pression sur... » Ces traductions ignorent toute la gamme de comportements psychosadiques que le mot et son verbe impliquent en réalité.

Prenez le cas du *bully* de mon école. Il s'appelait Patrick Wearing et avec sa bande de trois autres garçons, il emmenait de force ses victimes derrière la cabane où nous rangions nos vélos. C'était là qu'il leur soutirait de l'argent, ou qu'il les humiliait verbalement avant de les brutaliser.

J'y suis passé une fois, lorsque j'avais onze ans. Je venais de m'acheter un cornet composé de deux boules de glace à la vanille surmontées d'un long bâtonnet de chocolat, le tout vendu à l'époque sous la marque « 99 » Une fois escorté sous bonne garde dans ce lieu discret et reculé, je me souviens très précisément du moment où Patrick a d'abord saisi le bâtonnet, l'a cassé en deux avant de le fouler au pied. Ensuite il a enfoncé, puissamment, les boules vanillées autour de ma bouche par pur plaisir de m'humilier. Pour Patrick il n'était absolument pas question de goûter la glace mais tout simplement de se procurer du plaisir à l'idée d'empêcher quelqu'un d'autre d'en profiter. Toutes ces subtilités psychologiques sont inhérentes au mot *bully,* et celui qui comprend l'étendue des relations complexes entre un *bully* et un *sissy* pourrait écrire une belle thèse sur la sexualité de mes compatriotes.

Patrick était mon premier amour inavoué et inavouable. Lorsque je repense à lui, je me souviens surtout qu'il était très beau. Blond, les yeux bleus, il avait des lèvres pulpeuses, en particulier lorsqu'elles tiraient longuement sur des cigarettes qui étaient il va sans dire totalement prohibées. Le tout constituait à mes yeux le nec plus ultra de la provocation.

Dans ce bouillonnant *melting pot* de sentiments confus, mêlés sans doute aux premières montées de testostérone chez l'adolescent, j'associais mes premiers actes sexuels à ce garçon. J'avais compris que les hommes étaient, pour moi, plus sexy que les femmes, mais j'avais aussi intégré, presque simultanément, que je ne pouvais pas confier quoi que ce soit à qui que ce soit à propos de cette attirance. J'étais d'ailleurs à mille lieues de me douter que de telles pulsions pouvaient de toute façon être associées à des gestes d'affection envers d'autres êtres humains.

Du coup mes premiers rêves érotiques, et même tous mes fantasmes d'adolescent jusqu'à l'âge de dix-huit ans, lorsque je quittais les Cornouailles, concernaient exclusivement la domination, la soumission et l'humiliation. Mes premières éjaculations résultaient de reconstitutions fantasmatiques de scénarii où le sublime et impitoyable Patrick s'en prenait à ses victimes.

Avec les années les scénarii devinrent de plus en plus compliqués, Patrick endossant tour à tour le rôle du capitaine de rugby sanctionnant ses joueurs défaillants dans les vestiaires, s'en prenant après les cours aux surdoués de la classe dans le labo de chimie, ou, plus bizarrement, se transformant un jour en entraîneur de serpents un peu psychotique en visite au lycée. J'étais chaque fois le spectateur de ces scènes, jamais un acteur direct ni même la victime. Ces petits films sadomasochistes se déroulaient invariablement avec moi comme metteur en scène omniscient, toujours à la troisième personne.

Sorti de mes rêves, dans la vie réelle, Patrick allait être à l'origine de la première expérience de sadisme du jeune apprenti pervers que j'étais. Pourtant ce ne fut pas Patrick lui-même qui infligea directement la douleur. Même s'il figurait pratiquement dans tous mes premiers fantasmes, j'avais eu peu de contacts avec lui à l'école sauf pendant les cours de géographie où un professeur dont je n'ai pas retenu le nom nous avait mis côte à côte.

Évidemment cette proximité me troublait. Je me souviens encore de l'odeur des cigarettes qu'il avait fumées en douce juste avant le cours et qui rendait sa présence aussi incommodante que troublante. Patrick n'était pas doué pour la géographie et se fichait éperdument de l'emplacement des houillères sur la carte de la Belgique que nous devions étudier ce jour-là. Du coup il ne trouvait rien de plus intéressant à faire pour passer le temps que de dessiner des formes obscènes sur la carte de son livre, quelque part dans la région autour de Charleroi...

Ces croquis représentaient la plupart du temps son propre appareil génital. Je trouvais ce comportement terriblement osé, ce qui rendait mes sentiments à son égard encore plus ambigus. Lassé par ses dessins, il lui prit l'idée, un après-midi, de me piquer la jambe avec l'aiguille de son compas dans la partie autour du genou, qui n'était pas recouverte par le short réglementaire de nos uniformes. En quelques fractions de secondes, se présentait à moi une alternative. Soit je me taisais, risquant une augmentation de la souffrance par la suite, soit j'exprimais ma vive douleur, risquant l'ire du professeur dont tout le monde savait à quel point il ne tolérait aucun bruit pendant ses leçons. Patrick se délectait de ce dilemme et quelques minutes après me repiquait la jambe, de plus belle. La piqûre particulièrement appuyée me prit tellement au dépourvu cette fois-ci que je lâchais un « *ow !* » incontrôlé. Le résultat ne se fit pas attendre. « Taylor, quittez la salle immédiatement ! » ordonna le maître.

Ce supplice fut à l'origine de ma première expérience de ce qu'il est convenu d'appeler – du moins en France – la « discipline anglaise ». Repéré comme un élément perturbateur dans le cours de géographie, je fus accompagné à la fin de la journée dans le bureau de Mr Hawki7ns, notre *Headmaster*, le Directeur de l'école. Cet épisode se déroule bien avant Gordon Brown, avant même qu'une certaine Margaret Thatcher ne fût notre ministre de l'Éducation au début des années 1970. Nous étions à la préhistoire de l'éducation progressiste qui allait émerger quelques années après dans le système éducatif britannique. Les murs du bureau de Mr Hawkins étaient ornés d'une photo de la Reine, puis d'une carte montrant les pays qui étaient censés constituer ce qui restait encore de notre Empire sur lequel « le soleil ne se couche jamais » selon l'inscription peut-être déjà un tantinet périmée, même dans les années 60. À côté de cette carte, une sélection de cannes…

Je me suis présenté ainsi en fin d'après-midi, à 17 h 30, heure à laquelle le soleil se couchait en tout cas sur St Austell. Je frappais à la porte et entrais, mes fesses secrètement protégées par des liasses de papier journal que j'avais préalablement disposées à l'intérieur de mon pantalon, suivant les conseils d'un autre élève, habitué des lieux.

Mr Hawkins m'administra les seuls coups de canne de ma carrière scolaire. Je n'ai ressenti aucun plaisir masochiste. Mes pensées étaient uniquement partagées entre la terreur d'une douleur d'autant plus vive qu'elle était jusque-là inconnue, et une première prise de conscience de la suprême injustice sur laquelle reposait ce genre de châtiment. Le tout fut couronné par le fait que Mr Hawkins me congédia en m'informant que, la prochaine fois, il n'y aurait pas de papier journal…

Toi

Tu cours sur une plage. Blanche. Le soleil inonde le ciel et l'écume de mille grains de lumière grisâtre. Une seule et unique déchirure sépia sur le coin du ciel en haut à droite déteint par rapport au reste. Une crique plus sombre au fond, à gauche, derrière toi.

Porquerolles ? Deauville ? La Baule ? La plage est à toi. Et à celui ou à celle qui a fixé ce moment. Tu sautes, comme pour aller au-delà du cadre. Comme pour franchir on ne sait quel horizon que toi seul, tu vois, loin devant. Un chien te suit. Est-il à toi ? Tous les deux vous êtes pris à tout jamais dans cet instantané de ton éclatante jeunesse monochrome.

Cours et ne cesse jamais de courir. Cours plus vite, cours toujours…

Gainsbourg

Durant cette période de complet bouleversement dû à mes premiers émois sexuels, dont j'avais visiblement du mal encore à saisir la vraie portée, il y avait une matière qui, plus que tout autre aspect du programme scolaire, constituait une merveilleuse évasion vers d'autres réalités. Il s'agissait des cours de langues étrangères. Quelque part dans ma tête, peut-être même dans ma tendre libido encore en gestation, je commençais déjà à assimiler le fait qu'un jour j'allais devoir partir loin des Cornouailles si je voulais vivre pleinement ma vie.

Je me souviens du premier cours de français où notre professeur écrivit sur le tableau avec sa craie grinçante le mot « oui ». Nous savions depuis belle lurette que les Français utilisait ce son pour exprimer l'affirmatif, tant les plaisanteries niaises fusaient dans les cours de récréation sur ces gens qui faisaient partout du *we-we* (« pipi » en anglais). Que l'on écrive ce mot de cette façon constitua en revanche l'un des premiers grands chocs de ma vie. Mon cœur s'est arrêté net pendant quelques secondes, tant le séisme fut profond. Cela voulait-il dire qu'il pouvait y avoir un autre regroupement de lettres que notre *w* suivi du *e* à l'anglaise capables de représenter ce son ? Justement : *oui* !

Le bouleversement était radical. Il a provoqué en moi et jusqu'à ce jour une véritable fascination pour les langues dont l'apprentissage met forcément en question toutes sortes d'a priori. La prédominance de ma langue maternelle à travers le globe prive hélas bon nombre de mes compatriotes de cette délicieuse et salutaire prise de conscience, de ce plaisir même qui est celui de devoir constamment restructurer sa pensée selon d'autres façons d'appréhender la vie et le monde.

Notre professeur de français était la terrifiante Mlle Bridgewater. Le silence se faisait immédiatement dans les rangs dès son entrée dans la classe. « Bonjour, les élèves », entonna-t-elle en français en s'avançant vers son pupitre. « Bonjour, mademoiselle Bridgewater », répondîmes-nous. Si je sais d'ailleurs conjuguer sans hésitation le passé simple de ce genre de verbe, c'est grâce aux incessantes répétitions que nous *dûmes* en faïre.

Jour après jour, à l'aide de diapositives sur le mur, elle nous projetait des dessins représentant le quotidien de la famille Thibault qui menait une vie que l'on pouvait qualifier au mieux de paisible. « Monsieur Thibault est ingénieur » est ainsi la première phrase que j'ai apprise de votre langue. Mlle Bridgewater affectionnait tout particulièrement les verbes irréguliers, son préféré étant sans conteste *acquérir* avec ses innombrables mutations et ses bizarreries orthographiques. Tous ceux qui n'arrivaient pas à conjuguer une ribambelle de verbes extravagants se voyaient vilipender et attribuer, comme punition, le fait de rester pendant l'heure du déjeuner à recopier à l'infini les conjugaisons les plus incongrues.

C'est néanmoins grâce à Mlle Bridgewater que j'ai passé la plupart de ma vie d'adulte en France, mais pas du tout pour les raisons que l'on peut imaginer. Si ses cours de français et le récit inénarrable des rebondissements dans la vie des Thibault n'offraient nullement un aperçu de cette *joie de vivre* inhérente à la langue dont elle avait la charge, nos cours d'allemand au contraire fournissaient, chose assez inattendue, de véritables plaisirs.

Notre professeur s'appelait Mr Watson. Il n'était pas particulièrement beau mais comme il venait de se marier à une Allemande qui avait quitté la RDA cinq ans auparavant, au moment de la construction du mur de Berlin, il avait le ton et la fraîcheur d'un enseignant visiblement ému par la transmission de la matière dont il avait la charge. Il nous emmenait régulièrement dans le laboratoire des Langues, non pas pour réciter les conjugaisons moribondes de vieux verbes acariâtres (pourtant la langue de Rilke n'en manque pas) mais pour écouter la voix rauque et glamour de Marlene Dietrich lorsqu'elle exigeait, dans sa version on ne peut plus poignante de la chanson de Peter Seeger, qu'on lui dise par où étaient successivement passés les fleurs, les filles, les soldats et les tombes qui sont le lot de toutes les guerres de l'humanité : *sag mir wo die Blumen sind*.

Rien que les différences d'approche et d'attitudes de ces deux professeurs vis-à-vis de leur métier ont constitué une formidable leçon de pédagogie, très utile des années plus tard lorsque moi-même j'allais donner des cours d'anglais dans différentes facultés françaises. Quand j'ai décidé par la suite de faire des études universitaires de français et d'allemand, ce n'est pas étonnant si l'on m'a fortement conseillé de venir passer une année en France, pour combler mes nombreuses lacunes dans la langue des Thibault. Je suis arrivé à Paris en 1978 et ma présence sur le sol français pendant la majeure partie de ma vie résulte assez paradoxalement des manquements pédagogiques de celle qui m'avait si maladroitement initié à votre langue.

Ce qui est sûr en tout cas, c'est que les langues sont venues rapidement répondre à ce besoin grandissant d'un ailleurs, mélangé aux prémices d'une sexualité trépidante mais étouffée. Les sons chuintants ainsi que les accents circonflexes du français promettaient à mon inconscient d'illicites et lubriques caresses, les consonnes agglutinées et les *Umlaut* de l'allemand venaient pointer les fantasmes inavouables qui se formaient déjà dans ma psyché.

Je frémissais le soir sous ma couette en tournant le cadran d'un vieux poste de radio, survolant les noms de lieux évocateurs comme *Hilversum* ou *Alouis*, sans avoir la moindre idée de l'endroit où ceux-ci pouvaient se situer sur une carte. Peu importe ! Ils étaient exotiques... Au-delà des crépitements et de l'interférence, je tombais sur des voix étranges, venues d'autres pays, surtout de France. Quel plaisir sensuel d'écouter la voix on ne peut plus érotique de Serge Gainsbourg, qui semblait murmurer toutes sortes de sous-entendus indécents, voire obscènes à mes oreilles adolescentes et anglo-saxonnes. Je l'imaginais jeune, beau, blond, musclé, tant sa voix éthérée et suggestive semblait incarner l'homme idéal qui commençait à prendre forme dans mon univers fantasmatique. J'ai été un peu désemparé quelques années plus tard, il faut bien l'admettre, en achetant mon premier disque de Gainsbourg et en découvrant sa photo. Mais l'érotisme viril qu'incarne sa voix m'émeut toujours.

Mon amour des langues ne s'arrêtait pas là. J'en inventais même. C'était uniquement dans ces langages factices que je pouvais confier dans mes journaux à l'époque la vraie nature de mes sentiments. Je n'avais nullement honte, mais j'avais fait une sorte de pacte avec moi-même, promettant de donner libre cours à mes pulsions dès que je sortirais du cocon cornouaillais. Jusqu'à ce jour je possède quelques manuels détaillant la grammaire et la syntaxe de ces étranges idiomes.

Ces langages servaient aussi à la rédaction de panneaux d'interdiction au sujet d'une certaine activité, dont j'avais aussi intériorisé le fait qu'elle était sujette à blâme. J'avais rencontré à l'âge de onze ans un jeune Polonais dans le genre de colonie de vacances dont seuls les Britanniques ont le secret : *Butlins*. J'y étais avec mes parents. On était réveillé dans notre chambre à 7 heures par une musique entraînante, laquelle donnait le coup d'envoi à toutes sortes d'activités voulues ludiques. Celles du jeune Polonais semblaient tourner uniquement autour de l'extraction d'une désagréable sécrétion blanchâtre et visqueuse de son zizi, qu'il venait ensuite me montrer sur la paume de sa main. Il m'assurait que si je frottais le mien de la même manière je pouvais obtenir le même résultat.

Loin de moi l'idée ou l'envie… Je me rappelle avoir été terrifié la première fois que ma verge produisit ce pus tiède et gluant. De ce fait je fabriquais plusieurs panneaux cachés à des endroits stratégiques dans ma chambre avec inscrits dans mes langues clandestines des rappels à l'ordre du genre : « Pense à tes reins », « Tu vas cesser de grandir », injonctions censées me ramener à la raison et me retenir dans ces élans néfastes.

En dépit de ces avertissements sanitaires, je succombais assez fréquemment. J'achetais des magazines pour jeunes filles avec en couverture les chanteurs anglo-saxons de l'époque. Je les cachais dans une vieille valise fermée à clef au fond de mon armoire. Le plus mignon était un certain David Essex, qui avait une façon particulièrement suggestive d'attirer le micro à sa bouche en faisant des clins d'œil à la caméra lors de chacune de ses apparitions dans le fameux *Top of the Pops* à la BBC. À l'âge de treize ans j'avais trouvé des exemplaires de *Salut les Copains* grâce à une assistante de français qui les avait apportées de l'Hexagone. Que d'émotions devant le torse poilu et si effrontément dénudé de Mike Brant, devant Ringo (beaucoup plus sexy que notre Beatle du même nom). J'affectionnais particulièrement une image de lui où il arborait une grande paire de lunettes de soleil, et un air franchement mafieux.

Je passais des soirées entières enfermé dans ma chambre, entouré de bâtonnets d'encens censés recréer l'odeur interdite des gauloises que je voyais sur la couverture de l'un des premiers albums de Pierre Bachelet, lequel à l'époque d'*Emmanuelle*, et avant de devenir « un chanteur populaire », avait sorti quelques chansons nettement plus lubriques. Petit à petit dans mon esprit la langue d'outre-Manche était non seulement synonyme de plaisirs interdits mais porteuse de l'espoir de jouissances futures.

J'avais aussi l'énorme chance d'avoir des parents qui, sans beaucoup de moyens, tenaient à m'ouvrir l'esprit au monde et en particulier à l'Europe, chose qui était très rare à l'époque même si, il faut l'admettre, il s'agissait moins d'une grande europhilie de leur part que de l'ardent désir d'échapper à tous les autres Britanniques lesquels venaient passer leurs vacances d'été chez nous, sur ce que l'on appelle toujours dans les brochures touristiques la « Riviera anglaise ». Nous n'avions alors qu'une préoccupation : fuir les *grockels*, mot local assez cru pour désigner les touristes. Pendant mon adolescence, chaque été nous embarquions la voiture à bord de l'Hovercraft, une tente multicolore pliée sur le toit, une trentaine de boîtes de conserve de *Heinz Spaghetti Hoops* dans le coffre, et une plaque GB suspendue fièrement à l'arrière de notre Austin Princess...

Je me souviens toujours de la première fois où, avec un mélange d'appréhension et de fébrilité, je vis s'éloigner dignement mais sûrement les sacro-saintes falaises blanches de Douvres. Avec elles disparaissait tout ce que je connaissais. Je perdais tous mes repères. Nous étions en route vers ce grand ailleurs si mystérieux, si riche de promesses du fait de son fascinant « isolement », du moins de ce que je considérais comme tel, dans le brouillard de mes idées à l'époque. J'eus le sentiment d'être empreint du même esprit d'exploration qui guida les premiers voyages de Christophe Colomb. Il se servait à l'époque de cartes sur lesquelles on avait marqué, pour désigner les zones où les Occidentaux n'avaient jamais mis les pieds, « *There be dragons* ».

Une fois débarqués, l'Europe se fit bien réelle et une multitude d'odeurs, de goûts, de sons inouïs nous assaillirent. Je me rappellerai toujours le goût exquis et onctueux de mon tout premier croissant au beurre, dégusté vers 8 heures du matin juste après notre arrivée en France dans un café routier quelque part entre Calais et Arras. La vie, me disais-je, avait une saveur nettement moins ordinaire ici…

Mr Turner

Même si je devais attendre de partir des Cornouailles avant d'avoir de véritables relations sexuelles avec d'autres hommes, j'en eus un avant-goût lors d'un épisode d'une bizarrerie toute britannique, au collège à l'âge de dix-sept ans. Nous avions à cette époque un professeur d'anglais, un certain Mr Turner. Il avait un cul magnifique, ce qui n'avait nullement échappé aux collégiennes qui lui avaient attribué le sobriquet de *sexy bottom Turner* faisant une allusion assez directe donc aux charmes de son postérieur.

C'était dommage car ce professeur pouvait se targuer d'autres atouts. Cléopâtre elle-même aurait sans doute renoncé à son aspic si elle avait entendu la façon dont il déclamait les vers attribués par Shakespeare à son Antoine. Mr Turner s'en délectait goulûment, tournant les pages avec ses longs doigts fins ; doigts dont l'une de ses collègues nous avait confié un jour qu'elle les trouvait « artistiques ».

Notre Sixth Form College accueillait des élèves de 16 à 18 ans qui y faisaient leurs études pour l'équivalent du bac. Il avait l'énorme chance d'être dirigé par un directeur avant-gardiste. Parmi les tentatives de sortir des normes rigides de l'enseignement traditionnel, nos mercredis après-midi étaient consacrés à des activités que l'on regroupait sous le terme de « projets créatifs ». Pendant l'hiver par exemple nous avions passé tout un trimestre à apprendre comment sonner les cloches dans les vieilles églises celtes, véritable expérience exaltante pour nous, à défaut de l'être pour les habitants des différents villages. Cette expérience m'a d'ailleurs valu l'une des remarques les plus curieuses sur mon bulletin scolaire. Le professeur chargé de cette activité se félicitait du fait qu'« *Alex has made great strides in learning how to master his bell* ». « Alex a fait de grands progrès dans la maîtrise de sa cloche. »

En été, pendant que la plupart des autres garçons de ma classe exprimaient leur créativité à l'aide de différentes formes de ballons ronds ou ovales, j'avais opté pour le *drama laboratory*. Il s'agissait de l'étude de différentes techniques d'improvisation théâtrale sous la houlette d'un professeur du nom peu vraisemblable mais pourtant exact de Frederick Francis Farnham Flower, que nous appelions dans un souci d'économie « les 4 F's ».

Encouragés par ce très grand monsieur qui avait même, prétendait-il, joué dans sa jeunesse aux côtés de Dame Sybil Thorndike, nous mettions en scène à notre guise les somptueux poèmes de Dylan Thomas, nous construisions des masques en papier mâché pour faire revivre les récits de Cantorbéry de Chaucer, ou encore nous interprétions à notre façon les extraits les plus torrides des pièces des « jeunes hommes en colère » qui faisaient scandale à l'époque, même dans les théâtres alternatifs de Londres.

C'était une formidable expérience pédagogique et une véritable source d'inspiration pour tous ceux d'entre nous, nombreux, que la littérature fascinait déjà.

Un mercredi après-midi « les 4 F's » eut l'idée pour la traditionnelle séance de chauffe au début du cours de nous mettre dans la peau d'une colonie de vers de terre. Il sépara la vingtaine de jeunes filles en groupes de quatre, ce qu'il ne pouvait faire avec les représentants de mon sexe présents ce jour-là, car il n'y en avait que deux : moi-même et Mr Turner (la présence du corps professoral était vivement encouragée pendant ces après-midi créatifs).

L'idée assez alarmante de me comporter comme un ver de terre avec ce formidable spécimen de la gent masculine était loin de me procurer uniquement un sentiment de bien-être. Je ressentais surtout une vive panique à l'idée que je pourrais trahir quoi que ce soit de blâmable à son égard. Je vis Mr Turner venir à ma rencontre. En quelques secondes nous nous sommes allongés par terre, l'un à côté de l'autre, dans le fourmillement général de la colonie.

Mr Farnham Flower donna le top et aussitôt l'objet des désirs de presque tout le monde dans la salle rampa et me grimpa dessus. J'en fis autant ! Et nos membres s'enchevêtrèrent dans un corps à corps viril et intense. Je me souviens très clairement d'avoir senti son pénis sous son jeans, le temps de quelques secondes. L'appendice était, comme le mien d'ailleurs, totalement mou mais il frôla légèrement mon torse, ma jambe, puis mon bras.

J'avais été paralysé par deux sentiments contradictoires. D'abord l'absolue nécessité de retenir tout soupçon de désir charnel à son égard, puis le besoin presque irrésistible de me laisser aller une bonne fois pour toutes après ces années de retenue, et de donner libre cours à mes élans, tout de suite, là dans la pénombre du laboratoire des drames !

Ce fut la seule et unique expérience d'ordre sexuel que je connus en présence d'un autre être humain jusqu'à l'âge de dix-huit ans. Le reste du temps, je gardais ma sexualité secrète et cachée et ne cherchais pas non plus à trop comprendre pourquoi certains de mes fantasmes concernaient uniquement des actes de domination et d'humiliation. L'idée selon laquelle deux hommes pouvaient connaître ensemble une relation amoureuse ne m'avait pratiquement jamais effleuré l'esprit. On ne peut pas dire que la société dans laquelle j'ai grandi m'ait proposé des modèles de vie de couple entre gens du même sexe. Loin de là !

Pourtant, je n'ai jamais douté de ma sexualité. C'est d'ailleurs une force qui m'est venue je ne sais d'où. D'autres n'ont pas eu cette chance, passant des années à essayer de comprendre et de définir la leur. Une fois, une seule, j'essayais de changer, non parce que je pensais que ma sexualité était quelque chose de mal mais parce qu'il me semblait, isolé que j'étais au fin fond de la campagne britannique, que ma vie serait plus simple, et que je serais sans doute moins seul et embêté si je me conformais à l'impérieux modèle de l'hétérosexualité ambiante.

Ainsi un samedi après-midi d'hiver, lorsque j'avais quatorze ans, l'idée m'a pris d'installer deux seaux d'eau dans ma chambre dans ce qui était censé, je crois, constituer une version assez rudimentaire de la thérapie de l'aversion, pratiquée pour de vrai à l'époque par d'éminents psychiatres. L'un des seaux était rempli d'eau glaciale, l'autre d'eau agréablement tiède.

J'avais préalablement découpé une image dans un tabloïd illustrant un article assez grivois sur Adam et Ève. Deux jolis mannequins, l'un masculin, l'autre féminin gambadaient fesses nues dans leur jardin d'Éden. Pendant au moins une heure je me forçais à regarder le corps nu d'Adam tout en plongeant mes mains dans l'eau glaciale, pour ensuite admirer les courbes galbées et les attributs pigeonnants de sa compagne en introduisant doucement ces mêmes poignées dans l'eau, plus réconfortante, du seau voisin.

L'expérience eut le succès qu'on connaît. Cette version maison de la thérapie était tout aussi efficace que sa pratique dans la vie réelle, jugez-en par vous-même avec la suite de ce livre ! Inutile de dire qu'au bout de cet étrange rituel, au cours duquel je rajoutais régulièrement de l'eau dans le seau d'Ève à l'aide d'une bouillotte, je ne pus m'empêcher de me masturber en regardant le sourire coquin d'Adam lorsqu'il tendait la pomme à Ève. J'ai du mal à imaginer d'ailleurs, jusqu'à ce jour, qu'elle puisse être la vraie et seule responsable de la faute primordiale.

On pourrait conclure à la lecture de tout ce qui précède que l'apprenti pervers a eu une enfance malheureuse. Rien ne serait plus loin de la vérité. J'avais non seulement l'énorme chance de savoir dès le plus jeune âge qui j'étais, mais aussi la prudence de comprendre qu'il fallait attendre avant d'en parler aux autres. Le monde autour de moi ne semblait pas disposé, c'est le moins que l'on puisse dire, à écouter et à accueillir ce genre de confidences. Telle l'une des vieilles chaumières de nos jolis villages de pêche, dont on disait que la radioactivité du granit allait se réveiller un jour, j'avais, tout simplement, décidé de mettre ma sexualité *en attente* de son épanouissement.

J'ai quitté les Cornouailles à dix-huit ans et n'y suis pratiquement jamais retourné. Dans ma mémoire cette petite péninsule séparée du reste du pays par la rivière Tamar demeure un endroit idéal pour passer les premières années de sa vie. Mon enfance a le goût de ses petits pains au safran dont seuls les boulangers de Looe et de Polperro ont le secret. Elle a la saveur des mûres sauvages cueillies à la lisière des champs d'ajoncs le long des falaises. Je me suis amusé pendant des années à nager et à plonger dans sa mer et ses rivières si épouvantablement polluées par l'argile de Chine qu'elles ressemblaient à un vaste et onctueux océan de fromage blanc.

Plus tard, à dix-sept ans, c'est dans ses criques, celles qui furent naguère le repaire de toutes sortes de pirates et de marchands de contrebande, que je déclamais à haute voix, avec comme seul public mouettes et goélands en route vers l'Atlantique, des passages entiers de Heinrich Heine, de Brecht, de Baudelaire ou de Verlaine… L'un de mes poèmes préférés, que ce dernier a écrit lorsqu'il était emprisonné pour avoir essayé de tuer Rimbaud, me revient en mémoire en écrivant ces lignes : « Le ciel est par-dessus le toit si bleu, si calme »…

C'est grâce à cette capacité à apprendre par cœur des pans entiers de poèmes et de textes en langue étrangère que j'ai pu trouver la clef pour sortir de la prison dorée de ma jeunesse… Il était temps de tourner le dos à tout ce qui jusque-là avait constitué mon temps, mon monde et mon univers. L'issue de secours portait le nom d'Oxford.

Toi

« Like a Sex Machine », le morceau dure vingt minutes. On le passe en boucle dans les boums organisées par tes camarades du lycée Pasteur. C'est là-dessus que tu apprends à danser le rock and roll. Toutes les filles craquent pour toi.

Tu es tellement beau que souvent tu te fais arrêter dans les rues de Neuilly, aux sports d'hiver à Sestrières, sur les plages de Porquerolles, dans le village normand où tes parents ont leur maison de campagne. Partout les gens sont persuadés que tu es le frère d'Alain Delon…

C'est aussi au lycée que tu connais ta première histoire d'amour. Avec Hélène. Vous faites du cheval ensemble à Val-de-Reuil. Hélène est amoureuse de toi mais sur les conseils d'une copine elle te fait poireauter. « Si tu craques trop tôt, il va te laisser tomber », lui a-t-elle dit.

Pendant ce temps tu as connu le sexe avec une fille qui, elle, avait craqué trop vite. Hélène avait raison car tu ne te rappelleras pas longtemps le nom de cette première conquête. Après tu as couru dans les bras d'Hélène qui, elle, t'attendait toujours.

Dante

L'université d'Oxford est composée d'une trentaine de collèges. Chaque collège admet environ cent étudiants par an au terme d'un concours. Les étudiants sont logés dans leur propre collège mais suivent les cours un peu partout dans l'université.

En dehors de la vie académique, Oxford est également une bourgade assez vivante. Au milieu des années 1970, elle avait une industrie automobile vrombissante, le tout cohabitant dans un sympathique mélange de *town and gown*, de la ville et de la toge. J'ai été reçu pour étudier ce que l'on appelait les Langues vivantes (français et allemand) mais j'allais vite me rendre compte que certains de nos professeurs avaient une nette préférence pour leurs aspects plus moribonds.

Mon collège, Pembroke, nichait discrètement derrière la plus vieille église de la ville, St Aldgate's. Il n'avait pas le côté m'as-tu-vu des grands collèges comme Christchurch, Balliol ou Magdalen (dont le *g* est muet, contrairement à la plupart de ses étudiants habitués à sauter, toge comprise, directement dans la rivière Cherwell, après avoir imbibé des quantités industrielles de champagne). Il n'empêche, nous portions fièrement notre écharpe collégiale, et ceci en dépit du mélange peu harmonieux de ses rayures horizontales noires, grises et roses.

Parmi les *Pembrokiens* les plus illustres figurait le grand Doctor Samuel Johnson. En un seul après-midi de 1754, ce docte essayiste consomma pas moins de soixante-six tasses de thé d'affilée avant de pondre son œuvre la plus célèbre *La Vie des Sauvages*. Ce moment est jugé suffisamment marquant dans l'histoire du collège pour qu'une plaque le commémore toujours dans la Loge du Portier, l'entrée officielle du lieu.

Il faisait assez froid pendant mes premiers trimestres, ce qui n'était pas très étonnant vu que nous étions non seulement au milieu de l'hiver mais surtout au milieu de l'Angleterre. Oxford est l'endroit le plus éloigné de la mer en Grande-Bretagne. Au début, les vagues manquaient au jeune apprenti pervers fraîchement débarqué des Cornouailles. Je rêvais pendant les premiers mois de mes études qu'une vaste et épaisse houle blanchâtre vienne tout d'un coup briser la grande porte du collège pour envahir la pelouse du quadrangle intérieur puis le jardin secret derrière la chapelle, inondant de son épaisse écume les parterres de fleurs qu'on avait délicatement plantées là. Il était visiblement grand temps que le jeune apprenti pervers fraîchement débarqué des Cornouailles perde sa virginité !

Mes années à Oxford furent ainsi une suite de grandes premières.

Quelques semaines après mon arrivée, j'avais décidé qu'il était temps de confier pour la première fois les secrets de ma sexualité à un autre être humain. C'est donc au milieu du premier trimestre, que je décidai de prendre mon courage à deux mains et d'aller voir mon *tutor*.

En effet chaque étudiant est placé sous la responsabilité d'un enseignant chargé de surveiller non seulement l'avancée de ses études (par un rendez-vous hebdomadaire d'une heure en tête à tête) mais aussi, et plus vaguement, le *tutor* est censé prêter conseil et assistance en cas de problème personnel, si jamais l'étudiant ressent le besoin de ce que nous appelons en anglais un *moral guidance*.

Mon tutor s'appelait Dr Nicolas Mann. Il avait la réputation d'être nettement plus tendance que la majorité du corps enseignant du collège. Nous étions sept dans ma promotion à étudier les Langues vivantes. Dès notre première rencontre, il nous encouragea vivement à l'appeler Nico, ce que les plus téméraires d'entre nous essayaient de faire aux moments plus décontractés de nos entrevues.

La plupart de nos tutoriaux avaient comme sujet d'étude la littérature du Moyen Âge, dont notre Nico était un expert mondial. À commencer par la plus grande œuvre de toutes : l'*Inferno* de Dante que nous découvrions en VO, à mesure des pérégrinations du poète de l'enfer au paradis. J'affectionnais particulièrement ce texte, qui me semblait étrangement moderne et doté d'une curieuse puissance prémonitoire. Je ne savais pas encore pourquoi…

Nous étudiions également les œuvres de Racine et de Molière, ainsi que celles, plus légères, de Marivaux. J'avais même concocté une parodie de la vie collégiale en alexandrins, œuvre tombée, il faut bien le dire, dans les oubliettes et qui a été plutôt fraîchement accueillie par les six personnes qui assistaient à ce qui va sans doute rester, hélas, son unique représentation. Nonobstant, le goût m'est resté de cette discipline poétique bien française, avec la structure implacable, impitoyable de ses douze syllabes par vers, discipline totalement différente du *blank verse* de l'anglais qui ne s'appuie pas sur un compte de syllabes, mais plutôt sur les battements des accents toniques de notre langue.

De temps en temps cette manie de pondre des alexandrins me reprend, et je me souviendrai toujours du regard que je ne saurais décrire – peiné ? – d'un ancien ministre français des Affaires étrangères, un jour invité aux Matinales de France Inter, en face du chroniqueur britannique narrant sa revue de presse européenne dans une suite d'extravagants couplets rimés.

Revenons à Dr Mann. Nous avions surtout affaire à *la* sommité, rien de moins, en ce qui concerne le *Tristan et Yseult* de Béroul, œuvre dont il ne cessa de nous rappeler que le texte que nous tenions entre nos mains n'était qu'un « fragment ». Fragment ou pas, notre maître à chaque fois quittait de façon dramatique son siège pour faire le tour de la salle ledit fragment entre ses mains tremblantes et interprétait, la voix haletante et les larmes aux yeux, les serments de fidélité de l'infortunée Yseult.

Témoin de ce genre de prestation, j'en avais conclu que la réaction de Nico à la révélation de ma sexualité ne serait peut-être pas empreinte d'une excessive homophobie (même si le terme n'existait pas encore.) C'est sur lui donc qu'est tombé mon choix et ainsi, un soir de novembre, à 18 heures, à la fin de son dernier cours de la journée, j'ai emprunté l'escalier qui menait à son bureau.

Mon cœur battait la chamade et mes pieds hésitaient un peu sur les marches en bois trop cirées et que des siècles entiers de passages des *litterati* avaient rendues glissantes. Je frappai à la porte de son bureau sachant que, lorsque j'en sortirais une demi-heure plus tard, le monde serait irrémédiablement différent. Je ne serais plus seul à détenir l'explosive vérité...

« À vrai dire, je pensais que c'était peut-être le cas, répondit-il à ma divulgation trébuchante, vu que vous avez consacré l'intégralité de vos réponses lors du Concours aux œuvres de Rimbaud, de Verlaine et de Gide. » J'étais en effet obligé de convenir que les indices ne manquaient pas.

Dr Mann, qui était tout de même marié (à une Suissesse étonnamment rousse), me donna quelques conseils, notamment d'éviter l'usage de la drogue, de ne pas fréquenter les milieux trop marginaux, et de renoncer à mener une vie par trop dissolue. Je sortis de son bureau, soulagé, conscient que le secret que j'avais gardé pendant toute mon adolescence était enfin dévoilé, et surtout absolument ravi à l'idée que je pouvais commencer, le jour même, à mener une vie par trop dissolue !

Toi

Hélène t'attendait toujours, vous étiez au lycée Paulès, rue de la Grande Batelière. Vous aviez dix-neuf, peut-être vingt ans, et c'est là que tu as rencontré Thomas. Thomas était en couple avec une fille, mais il aimait aussi les garçons, surtout les comme toi.

Thomas t'a poussé vers sa copine, mais c'était pour mieux t'étreindre, toi. Il t'a fait goûter aussi ton premier médicament. Cela s'appelait du Mandrax et c'était jouissif. Du coup tu ne sais pas si tu es avec lui ou elle, car elle, lui, et toi, vous vous éclatez.

Tu fumes aussi, avec elle, avec lui, et pour la première fois tu t'échappes de ta propre photo. Tu inondes ta propre vie de mille lumières que tu ne soupçonnais même pas. Tu vis enfin, jusqu'à t'éclabousser de tes propres couleurs.

Glenn

La première fois qu'un homme proposa de me prendre par-derrière, j'ai cru qu'il s'agissait d'une blague. Aussi invraisemblable que cela puisse paraître, à l'âge de dix-huit ans je n'avais pas la moindre idée de ce que deux hommes pouvaient, étaient censés même faire ensemble. Qui me l'aurait dit ? À qui pouvais-je demander des renseignements ? Que m'aurait-on répondu ?

J'avais déjà jusqu'à seize ans une idée assez approximative de ce qu'un homme et une femme pouvaient faire ensemble. J'ai été longtemps persuadé que le vagin de la femme était situé entre ses deux seins par exemple. Quant à la mécanique nécessaire pour que deux hommes s'épanouissent ensemble, mes suppositions étaient plus qu'approximatives. Jusqu'au moment très précis où je fus confronté au désir d'un autre homme, mes fantasmes d'adolescent ne concernaient que très accessoirement l'acte physique.

Celui qui me proposa de franchir le pas était un dénommé Glenn. Glenn avait le look d'un aviateur des années 1930, descendant de son avion *crache-feu* après avoir dégommé l'intégralité de la Luftwaffe. Je l'avais rencontré à une soirée organisée par la toute nouvelle association gay de l'université : Gaysoc. Un soir de décembre les membres de l'organisation étaient rassemblés pour une soirée amicale dans une vieille maison de la rue de la Divinité, l'une des allées bucoliques faites de sycomores et de maisons victoriennes qui font le charme de la ville estudiantine.

Je sirotais un pink gin pendant que sur l'un des canapés mauves deux folles de Brasenose College sniffaient leur première bouteille de *poppers*, inhalation qui les réduisait à un état d'hilarité assez préoccupant. À côté d'eux, nettement plus morose et plongé dans sa lecture du tout nouveau magazine *Gay Times*, un certain George dont on ne savait pas si c'était un garçon ou une fille. « Il lui manque un chromosome », disait-on de lui avec empathie. Sur un lit orange au milieu de la pièce, Zuleika, une spectaculaire lesbienne, traçait des arabesques dans l'air avec son bâtonnet d'encens. Une semaine auparavant, habillée en punk néogothique, elle avait causé bien des frayeurs dans le rayon « surgelés » de son Sainsbury's local en brandissant un fouet et en enjoignant l'intégralité de la clientèle et des employés à « *Fuck off, you bourgeois shits !* ».

Le dénommé Glenn faisait partie de la trentaine des pionniers de la toute nouvelle Gay Lib. Il était motivé moins par son engagement pour la cause que par le besoin ravageur d'assouvir son énorme appétit sexuel. Il avait deux *n* à son prénom et surtout deux testicules dont il était particulièrement pressé de partager le contenu avec le premier, voire la première venu(e), tant il essayait de draguer allègrement tout ce qui se présentait sur le chemin qui le conduisait, assez fréquemment, vers un bol de punch fruité. Les deux folles sur le canapé étant dans un état nettement trop second, George et Zuleïka hors du coup, la plupart des autres convives déjà en main, il décida rapidement de jeter son dévolu sur moi.

Il avait un accent profondément snob. Ses diphtongues pointues ne laissaient aucun doute quant à ses origines aristocratiques, ce qui le distinguait nettement de la plupart des autres militants, et d'ailleurs de la vaste majorité de nos contemporains.

Petite parenthèse... Malgré l'image que l'on peut en avoir en France, l'université d'Oxford fait partie du système d'État. La Grande-Bretagne, contrairement aux États-Unis, n'a aucune université privée. Pour y entrer, il suffit de réussir le concours. Le type d'éducation proposée par les écoles privées est certes plus axé sur la réussite à ce genre d'épreuve, mais le mélange social qui en est issu, en tout cas au milieu des années 1970, était loin d'être déséquilibré. Le système de subventions gouvernementales allouées à chaque étudiant au début de nos trimestres, système qui a attendu le gouvernement travailliste de Mr Blair pour connaître son démantèlement, nous permettait de recevoir tous plus ou moins la même somme pour payer nos études et notre logement.

Les Britanniques ne sont pas uniquement pervers dans leurs pratiques sexuelles. Nous le sommes également au niveau linguistique, car en anglais *public school* ne désigne pas une école d'État ; oh que nenni ! Le terme *public school* est réservé, pour des raisons reléguées aux limbes de l'oubli collectif, aux écoles privées. Glenn, donc, était un pur produit de l'une de nos plus prestigieuses *public schools* et représentait tout ce qu'abhorrait la jeunesse gauchisante dont je faisais partie. Je ne l'en trouvais que plus excitant. Il me proposa de partir chez lui : c'était une offre trop tentante pour que le jeune et pur produit d'une école d'État ne l'accepte *hic et nunc*.

Son appartement n'avait rien de particulier, à ceci près qu'il sentait très fort la clémentine. Nous n'étions pourtant pas là pour déguster des agrumes. Glenn me jeta immédiatement sur son lit, avant de se jeter immédiatement sur moi. Il commença à déboutonner mon pantalon, puis le sien, et me dit sans ambages, avec des diphtongues on ne peut plus suaves et soignées : « Retourne-toi et tiens-toi prêt, les fesses en l'air ! »

J'avais imaginé très naïvement un tout autre scénario pour l'aboutissement de l'amour et du désir entre deux hommes. Dans ma tête une succession de baisers fulgurants était suivie de divers attouchements languissants, le tout atteignant son paroxysme dans une activité pour laquelle ma langue maternelle, perverse jusqu'au bout, ne semble pas avoir trouvé une expression propre, s'amusant à emprunter sa désignation dans la langue la plus sensuelle du continent : du *frottage* !

Ce fut avec un grand étonnement donc, et après quelques tentatives malheureuses de le placer à mon insu, que je compris exactement ce que Glenn entendait faire de l'engin raide qui avait si brusquement fait irruption de sa braguette... « Tu ne vas jamais arriver à mettre ça dans mon... » « Et comment ! » rétorqua-t-il en me retournant de nouveau sur le lit, et en se jetant sur moi de plus belle.

Je n'avais aucune intention de participer à une énormité aussi invraisemblable, et me débattais comme je pus. Glenn appuya fortement sa main gauche contre ma nuque, sourd aux murmures et aux différentes imprécations étouffées dans l'oreiller et qu'il prenait, futile qu'il était, pour l'expression de ma jouissance. Il réussit plusieurs fois, par insertions sporadiques, le tout me faisant effroyablement mal. Au moment où il tenta de relancer le processus une cinquième ? sixième ? fois, je réussis à me dégager et ne trouvais rien de plus adapté à dire que : « C'est ma première fois ! »

Ma révélation eut pour résultat de nous laisser tous les deux complètement bouche bée. Nous nous sommes regardés, interloqués et incertains devant la tournure que prenaient les événements. Mes paroles eurent pour effet de lui couper la chique, état qui était assez facile à discerner non seulement sur son visage mais aussi au regard du degré d'horizontalité nettement moins prononcé dudit engin.

Pour se tirer d'affaire Glenn me proposa – enfin ! – l'une de ses nombreuses et délicieuses clémentines. Je la mangeais et quelques minutes plus tard, après des banalités échangées entre les deux seuls acteurs, je quittais abruptement la scène de ce premier acte, laissant derrière moi ma virginité ainsi qu'un petit ramassis d'épluchures.

Toi

Thomas avait eu tellement envie de toi qu'il est parti, la fille aussi. Ils t'ont laissé avec ce goût de la vie extatique, psychédélique, frénétique. Tu vas passer trois ans de débandade totale, biture sur biture, médicament sur médicament.

Tu es défoncé du matin au soir. Tu te fais parfois jusqu'à huit fixes par jour d'héroïne. Tu sais que tu n'en peux plus, et parfois, parce que la vie est trop éclatante, tu viens pleurer dans les bras de ta meilleure copine, Hélène, qui t'attend toujours.

Et dans ces petits moments de calme, au creux de son lit, tu promets à Hélène qu'une fois que tu auras bu ton dernier verre, une fois que tu te seras fait ton dernier shoot, et une fois que tu auras éjaculé une dernière fois dans les bras d'un inconnu, tous les deux vous prendrez deux fermes quelque part en Normandie, juste séparées par une petite rivière, et vous passerez vos journées à faire du cheval. Hélène est celle que tu aurais épousée un jour…

Stephen

J'avais quitté les Cornouailles dans le but de me retrouver en compagnie d'autres homosexuels. Je ne pouvais pas mieux tomber qu'au département de Langue française à Oxford. Sur la trentaine de professeurs spécialisés dans votre langue, vingt-huit étaient soupçonnés d'avoir au moins quelques « sympathies ».

J'ignorais royalement ceci à mon arrivée. Dès les premiers jours j'avais fait un repérage dans les cours, les couloirs et les coulisses de Pembroke pour savoir s'il y en avait d'autres. J'avais repéré trois éventuels candidats parmi les étudiants. Pour deux d'entre eux j'avais complètement raison. L'autre était le seul étudiant à avoir fait un discours d'une véhémence inouïe contre la décision du collège de soutenir financièrement la nouvelle association Gaysoc.

Mes deux premières années à Oxford étaient l'occasion de me faire de vrais amis non seulement gays mais aussi hétérosexuels. Le monde doré et cloîtré de la vie collégiale offrait un matelas suffisamment confortable pour que je puisse faire mon entrée dans le monde réel, quatre années plus tard, avec une profonde détermination à ne plus jamais cacher une partie aussi importante de mon être, étouffée depuis plus de dix-huit ans, et cela devant qui que ce soit et quelle que soit la situation.

À Oxford, je connus aussi mes premières manifestations gay, celle notamment contre le magasin WH Smiths, une chaîne de marchands de journaux et de papeterie que l'on trouve encore dans toutes les rues commerçantes du Royaume. En 1978 la Direction générale de ces magasins avait décidé qu'il n'était pas convenable d'offrir à sa clientèle le magazine *Gay News*. La rumeur courait selon laquelle le fils du propriétaire de la chaîne en était lui-même, ce qui aurait provoqué l'ire paternelle et ces représailles. Ce premier magazine gay en Grande-Bretagne était tout sauf pornographique, ce qui le différenciait nettement des *Playboy* et autres titres plus hard que l'on pouvait facilement trouver, certes en se mettant sur la pointe des pieds, tout en haut des rayons de ce même magasin. Au terme d'une réunion à Gaysoc, la décision fut prise de manifester contre cette politique si clairement discriminatrice.

Il existe une photo de moi, cheveux longs et bouclés, haranguant les piétons du Cornmarket, la principale rue commerciale de la ville. On ne voit plus hélas ce qui était inscrit sur ma pancarte, car au moment où la photo fut prise, elle a été masquée par celle d'un Témoin de Jéhovah enjoignant les passants à se repentir tant qu'ils en avaient encore le loisir. Nous ne nous sommes nullement repentis, mais il a fallu attendre dix ans avant que Smiths accepte de vendre son premier magazine homosexuel.

Je connus aussi à Oxford ma première boîte gay. Il y en avait une dans la ville et elle était un peu spéciale. De jour elle s'appelait *The Clarendon Tea Rooms*, et comme son nom le laisse supposer, les clientes des magasins chics du High Street y buvaient leur Darjeeling ou Assam accompagné de scones beurrés. Le soir l'endroit devenait *The Stage Club*, et accueillait ceux que notre ami des Témoins de Jéhovah aurait sans doute qualifiés de sodomites. Cette transition incongrue était gérée de main de maître par le propriétaire du lieu, Stephen.

Stephen était un vieux de la vieille. Il avait connu l'époque avant la loi de 1967 qui autorisa pour la première fois en Grande-Bretagne le sexe entre deux hommes consentants, à condition que ceux-ci aient tous les deux plus de vingt et un ans, et que l'acte soit commis en privé. Depuis l'époque victorienne, toute relation sexuelle entre mâles était punie par la loi. Il n'y a jamais eu de loi pour les lesbiennes, ni pour interdire ni pour autoriser leurs activités, la légende voulant que la prude Altesse avait estimé que de tels agissements entre personnes du sexe féminin étaient purement « *unimaginable* ».

Ainsi à l'époque de la jeunesse de Stephen, les seuls gays à s'afficher dans certains cafés de Londres se donnaient des prénoms féminins et proposaient des passes à des soldats en manque d'amour dans les bosquets du Hyde Park. Le mot « gay » n'existait pas encore et l'on disait de ses pairs qu'ils étaient « *musical* » ou de manière encore plus obscure pour les non-initiés qu'il s'agissait des « *amis de Dorothy*. »

Stephen était donc un survivant. Il avait cette sorte d'exubérance réservée aux gays et qui fait que parfois l'on se dit : « Dieu merci, il y a des folles dans ce monde ! » Un matin je l'ai croisé devant les poubelles à la sortie de sa boîte et lui ai lancé un banal « Comment ça va ? ». Il me répondit : « *Fabuleux* n'est pas un mot suffisamment vaste pour le décrire ! »

Il accueillait sa clientèle, perché sur un siège en bas de l'escalier. Il n'avait comme seules et uniques armes contre les bandes d'adolescents qui cherchaient régulièrement à taper du pédé, que son immense expérience de la vie et la puissante aiguille avec laquelle il tricotait de longues écharpes multicolores. Dès l'ouverture le vendredi soir, il mettait nos pièces d'une livre dans sa caisse et lançait son traditionnel : « *Have a nice time !* »

Ce ne serait pas l'Angleterre s'il n'y avait pas eu une bizarrerie à tout cela. La loi anglaise à l'époque stipulait qu'une fois dépassé 22 h 30, la vente de boissons alcoolisées était interdite, à moins que l'établissement ne propose un peu de restauration. Afin que sa clientèle du soir puisse continuer à être aussi beurrée que les scones dégustés par ses dames l'après-midi, Stephen venait nous éjecter de force de la discothèque, et nous faisait redescendre au niveau du *tea room*, en réprimandant les retardataires de quelques remarques bien pesées. Pour ceux qui étaient déjà trop engagés sur la piste de danse, il restait toujours la menace d'un coup d'aiguille à tricoter dans le postérieur.

Nous étions donc regroupés de force dans le salon de thé, où nous devions faire notre choix entre un assortiment d'assiettes en papier avec différents mets d'appoint. Chaque mets coûtait 25 pence. Plusieurs fois la police a visité les lieux dans le seul souci de vérifier que l'échantillon de la gent homosexuelle oxfordienne présent sur le lieu n'était pas en train de consacrer ses week-ends à des activités plus lubriques que de se délecter de leurs traditionnels *toad in the hole*. Il s'agit d'une sorte de pâté en croûte traditionnel anglais, littéralement « crapaud dans le trou » et que Stephen produisait en quantités industrielles. Le contenu – des saucisses enveloppées dans une généreuse pâte molle – est loin d'être aussi savoureux que son nom ne le laisse supposer.

Toi

Tu as passé deux ans à naviguer, à voguer dans les îles. C'était tes années avec Ed, ton premier copain américain. Ed était trafiquant, et s'était fait tellement de fric qu'il avait acheté un énorme bateau, l'un des plus beaux du monde avec lequel vous faisiez régulièrement la navette entre St Barth et Martha's Vineyard.

Tu faisais la cuisine pour les invités qui louaient le bateau à la journée ou à la semaine. Bianca Jagger aimait particulièrement tes salades de gambas. Tu te faisais tous les shoots que tu voulais, et tu étais en permanence dans un état second. Tu transportais parfois des paquets pour Ed, sans trop demander ni pour qui ni pourquoi. Tu t'en fichais. L'essentiel, c'est que tu puisses boire encore et baiser toute la nuit.

Tu as acheté un chien, un berger des Pyrénées que tu avais trouvé dans une SPA à Boston. Personne ne savait d'où il venait, ni ce qu'on lui avait fait, mais il avait tellement peur de tout qu'un rayon de soleil ou le simple mouvement d'un brin d'herbe l'effrayaient. Tu le trouvais mignon et tu as décidé de l'appeler Kid, comme Billy…

Ce chien avait peur de la vie et des gens mais il a su tout de suite que tu étais sa rédemption. Tu n'as pas su qu'il était également la tienne.

Dr Wedgwood

C'est au Stage Club que j'ai rencontré celui qui allait me donner ma première véritable expérience de sexe pervers. Il s'agissait du Chargé de Cours de l'Éthique et de la Philosophie du collège de Wadham. Je l'aperçus la première fois figé sous une lampe disco, refusant de céder au rythme pourtant entraînant de *Gimme Gimme Gimme a Man after Midnight* du groupe Abba.

Les paillettes de lumière scintillaient de façon psychédélique dans son abondante chevelure blonde. Il portait une chemise blanche et une cravate bleue, qui détonnaient considérablement par rapport aux autres personnes se déhanchant au rythme des exigences sexuelles voraces des deux Suédoises. Je n'arrivais pas à savoir s'il cherchait le conformisme ou la provocation, le sexe ou l'amusement. Sa façon de se mordiller la lèvre inférieure de manière délicieusement suggestive ne faisait en tout cas qu'augmenter mon désir de m'en approcher davantage. Ce que je fis.

Assez rapidement il m'emmena hors des spot-lights. Nous nous trouvions sur un sofa où j'ai eu la chance de mordiller à mon tour sa lèvre inférieure, essayant de le faire de manière aussi suggestive que possible moi aussi. En dépit de ses trente ans il faisait déjà partie du corps enseignant de son collège, et après quelques baisers très sensuels, Dr Wedgwood m'annonça qu'il ne voulait pas m'inviter chez lui le soir même, mais qu'il avait « une perversion bien particulière » qu'il avait envie d'expérimenter avec moi. Il me donna le numéro de son appartement à Wadham et m'indiqua qu'il m'y attendait le lundi suivant à 20 heures.

Nous n'étions que vendredi soir...

Dire que le week-end fut long aurait été un euphémisme. Le samedi et le dimanche j'eus énormément de mal à me concentrer sur mon travail. En dehors de nos analyses de l'interminable fragment de Béroul, nous avions également affaire à l'étude du subjonctif déictique des verbes allemands sous les auspices de la terrifiante Frau Pring-Mill...

D'origine incontestablement teutonne et mariée à un professeur de la littérature de son pays, elle nous recevait à domicile tous les lundis après-midi pour ses cours de grammaire. Les excentricités des verbes modaux étaient apparemment si conséquentes que leur étude nécessitait notre présence chez elle pendant trois heures entières chaque semaine. Je ne peux pas dire qu'en temps normal le temps passait vite, mais ce lundi-là je comptais les minutes. Frau Pring-Mill, qui n'était pas grande, avait trouvé le moyen le plus efficace de tenir en laisse les sept gaillards de Pembroke qu'elle recevait autour de la table de son salon. D'abord par la torture : la chaleur de son feu de cheminée était telle que nos dos ruisselaient de sueur, ensuite par l'intimidation : son doberman guettait sous la table le moindre signe d'insurrection.

Le temps finit néanmoins par passer. J'arrivais à Wadham dans un état d'excitation et de nervosité considérables. Le vent qui balayait la ville soufflait fort dans les cours intérieures des collèges et créait un mouvement centrifuge, se prenant dans les toges de quelques étudiants retardataires.

Plein d'appréhension et d'excitation, je sonnai à la porte, les battements de mon cœur rythmés par le murmure sourd des bourrasques.

Dr Wedgwood ouvrit et apparut dans toute sa sensuelle splendeur… « Venez me rejoindre dans mon boudoir », dit l'araignée à la mouche. Cette comptine anglaise me vint soudain à l'esprit. En tout cas je n'eus aucune hésitation à engager un premier pied sur les fibres d'une toile aussi accueillante, et j'entrai dans son bureau d'études.

Je pris place sur son canapé en cuir marron, impatient de connaître la suite du programme. Nous échangeâmes d'abord quelques mots sur nos rares connaissances communes. Je faisais de mon mieux pour écouter ce qui devint assez rapidement un monologue de sa part, tant mon attention dérivait de plus en plus vers mon environnement immédiat. Comptait-il soudain sortir un fouet de derrière l'énorme placard en chêne et me rouer de coups ? Où était son chat à neuf queues aux lamelles en cuir pour qu'il m'afflige une punition sévère ? Allait-il m'attacher, et si oui, où et avec quoi ? Allais-je avoir mal ? Telle une mouche un peu masochiste frétillant à l'idée de sa propre captivité sur la toile, mon esprit sautillait d'une hypothèse à l'autre.

Dr Wedgwood décida qu'il était temps que je boive. Il me proposa du Gin It, un mélange de gin et de vermouth que je ne connaissais pas jusque-là. Je remarquais qu'il ne se versait pas à boire. Il me tendit le verre avant de se rasseoir dans son grand fauteuil, l'un de ses genoux posés gentiment sur l'autre, les mains croisées appuyées dessus. Le Chargé de Cours de Philosophie et d'Éthique de Wadham commença alors à se tourner les pouces en me regardant. Je le trouvai irrésistible, et son comportement délicieusement déroutant.

« Bois », me dit-il. Je bus, puis je rebus un deuxième et un troisième verre pendant que Dr Wedgwood me faisait part de ses derniers *tutorials* en date, évoquant en détail la thèse remarquable de l'une de ses plus brillantes étudiantes au sujet de l'absolutisme de Hobbes. Une demi-heure plus tard, au bout de mon quatrième verre, il n'y avait pas que Hobbes qui me passait par-dessus la tête. Le plafond semblait avoir des velléités de bouger, lui aussi, de façon inattendue. En effet, lorsque j'essayais de les examiner de plus près, les murs du bureau du Dr Wedgwood, lesquels n'étaient déjà pas d'une horizontalité irréprochable, commençaient à effectuer quelques mouvements de haut en bas, exactement comme le vieux poste de télévision de mes parents les soirs où la liaison entre les Cornouailles et le reste des îles Britanniques était encore plus ténue que d'habitude.

Je remarquais même, sans broncher, que le lustre électrique suspendu au plafond effectuait quelques mouvements de zigzag. Cet étrange remue-ménage était rendu d'autant plus difficile à observer avec exactitude du fait des mouvements soudains et désordonnés de mes sourcils. Peu importe ! Ce monsieur si sexy et si exquis m'adressait la parole, désireux apparemment de mieux connaître mon sentiment sur les œuvres d'Euripide...

Mon hôte ne m'aida pas à formuler une réponse ni à apporter un sens aux impressions qui arrivaient au ralenti dans mon cerveau car il s'était entre-temps levé pour me proposer un cinquième verre. Je concentrai toutes mes forces sur l'impérieuse nécessité de prendre le verre de façon déterminée, ce que je fis. J'étais ravi de constater que mon interlocuteur continuait à se mordiller la lèvre inférieure, ce qui le rendait encore plus désirable.

Quelques instants après m'avoir débarrassé du verre vide, il me tendit la main, apparemment pour que je puisse l'accompagner quelque part, ce que je fis sans hésitation. Je me levai, laissant quelques secondes encore ma tête dans le canapé, avant que celle-ci s'avise de suivre le mouvement général que nous avions entamé lui, moi et mon corps...

Je n'étais pas sitôt debout, que je me retrouvais cette fois-ci couché, par terre et, chose assez étrange, sur un grand drap blanc que notre aimable Dr Wedgwood avait déployé à mon insu, et ceci juste devant le canapé où j'étais assis. Aidé et positionné par ses soins, me voilà allongé par terre, avec mon partenaire incontestablement, irrémédiablement, irrésistiblement au-dessus de moi, ses deux genoux installés à l'extérieur de mes cuisses. J'étais inerte... à défaut d'être tout à fait inconscient.

Même si je pouvais me libérer de son emprise, je n'en avais aucune envie et il me restait assez de volonté pour me focaliser sur l'image qui se présentait à mes yeux. Il n'était pas question que je rate la suite. Je réalisais que j'étais totalement à la disposition d'un autre être humain... de surcroît d'un être si extraordinairement attirant. Voilà que tout d'un coup il sortit l'objet caché derrière son dos et auquel je m'attendais sans doute le moins au monde : une salade verte !

Délicatement, Dr Wedgwood commença à séparer quelques-unes des plus belles feuilles qu'il disposa sur mon torse nu. Je ne saurais dire avec exactitude le nombre de feuilles qui furent ainsi disposées.

« *Curiouser and curioser* », s'exclame Alice au moment où elle boit une potion magique au Pays des Merveilles et qu'elle commence à grandir de façon incontrôlable. Subitement cette phrase surgie de mes lectures enfantines semblait résumer au mieux la situation dans laquelle je me trouvais. Une phrase qui, et Alice elle-même en a conscience dans le livre, comporte une grossière erreur grammaticale, car la version correcte eût été « *more and more curious* ». C'était tout de même sous cette forme incorrecte mais plus marquante que ces mots me revenaient à l'esprit. Cette pensée fut immédiatement suivie par le reste des interrogations de la jeune aventurière : « ... Ô mes pauvres petits pieds, je me demande qui va mettre vos bas et vos chaussures maintenant, mes chéris ? Je serais désormais beaucoup trop loin pour me soucier de vous, il va falloir vous débrouiller tout seuls... »

Les mêmes pensées se présentaient à l'esprit d'Alex au Pays des Perversités, si bien que je ne fus pas étonné de voir le Docteur sortir une bouteille de la fameuse sauce salade de la marque Heinz, une délicieuse spécialité laquelle malheureusement ne connaît du succès qu'en Grande-Bretagne et qui arrose nos verdures estivales depuis la nuit des temps. Mon partenaire s'employa à secouer de façon énergique la bouteille, précaution vivement conseillée pour en libérer le contenu. Il l'ouvrit et commença à en verser des doses généreuses sur mon torse, plus ou moins à proximité des feuilles vertes. « Maintenant on va se régaler », dit-il juste avant de déguster goulûment sa nouvelle salade de saison improvisée.

Mes sentiments étaient constitués d'un mélange de surprise, de déception, et de vraie excitation. Au moment où le Chargé de Cours de l'Éthique et de la Philosophie commença à lécher un bout de sauce salade échoué à proximité de mon téton gauche, je m'avisais de tenter un coup d'humour, comme il est de bon ton de le faire en Grande-Bretagne dans des situations similaires : « C'est une perversité peu habituelle » lançai-je en ayant recours au *understatement* que j'avais hérité de mon père.

Dr Wedgwood n'était pas d'humeur à rire et continua de se délecter, tout en tournant sa tête de temps en temps vers moi, me laissant tout loisir de contempler sa bouche ainsi que sa petite barbe blonde recouvertes de la délicieuse crème blanchâtre et onctueuse. Puis il se penchait à nouveau pour manger un morceau de salade, l'introduisant au besoin dans sa bouche à l'aide de ses doigts de plus en plus huileux, tout en me regardant droit dans les yeux avec la même insolence qu'un petit garçon se goinfrant de confiture. Quelques instants après il lécha le reste de *salade cream* tombé en plein milieu de mon nombril, tout en esquissant des va-et-vient de plus en plus suggestifs avec sa langue.

Les agapes ne s'arrêtèrent pas là. Après la sauce salade, nous eûmes droit au pot de *peanut butter*. C'est une pâte, un peu trop écœurante pour le palais latin, et que l'on trouve dans les supermarchés français vendue alternativement sous l'intitulé « beurre de cacahuètes » ou beurre « d'arachide ». C'est exactement la même chose. Il y en a pourtant deux sortes : *smooth* et *crunchy*, avec ou sans morceaux. Dr Wedgwood la préférait visiblement avec. J'en veux pour preuve le léger picotement que je commençais à sentir, dû à quelques éléments un peu plus granuleux et coriaces accrochés dans mes poils pubiens. Notre ami s'affairait à tartiner l'ensemble de mes parties génitales, lesquelles depuis un petit moment étaient visiblement sorties à mon insu de mon pantalon.

Dr Wedgwood se tourna une nouvelle fois vers moi et je compris alors qu'on allait passer à la pièce de résistance car il me regardait avec insistance, quelques bouts de cacahuètes collés à sa moustache. À ce moment-là, il brandit, les yeux pleins de gourmandise, un énorme et long peperoni, une sorte de saucisson sec en forme de bâtonnet…

Il se trouve que je déteste la charcuterie en général mais les peperoni tout particulièrement. Ce n'était pas le moment de lui en faire part. Je ne tardais pas à me rendre compte que Dr Wedgwood avait toutes les intentions, malheureusement, de me l'introduire de force dans la bouche…

Je me souviens très clairement du moment où cette énorme saucisse rigide et grasse franchit le seuil de mes lèvres tandis que mon partenaire était penché avec insistance au-dessus de moi. Par petits mouvements et en s'approchant chaque fois davantage de mon visage, en utilisant parfois les deux mains, le peperoni fut introduit de plus en plus profondément et de façon de plus en plus suggestive jusqu'au moment où l'infortunée saucisse eut le malheur de frôler ma glotte. Ceci, hélas, provoqua l'inévitable.

Avec un bruit digne du tréfonds de la mer cornouaillaise où l'on aurait réveillé je ne sais quel monstre somnolent, j'émis le plus énorme vomissement. Les projectiles atteignirent même le fauteuil en cuir, en aspergeant considérablement son précédent occupant au passage. Libéré et épuisé, je ne vis alors aucune raison de maintenir l'effort suprême de rester éveillé et m'endormis sur-le-champ et sur le drap.

Lorsque je revins à moi, j'avais visiblement été à nouveau transporté sur le canapé. J'avais le hoquet. Dr Wedgwood était assis dans son fauteuil, parcourant d'un air assez sévère *The Times Higher Educational Supplement*. Il ne daigna pas me regarder, même si mes toussotements devaient bien lui indiquer que j'avais repris mes esprits. Je tentais de dire quelques mots mais les paroles ne venaient pas, ma bouche faisant sans doute la tête d'avoir été si inélégamment abusée.

Je restai au moins un quart d'heure sans bouger, dans un état de déconfiture vaseuse. « *I'm very sorry* » dis-je pour m'excuser lorsque ma bouche décida de mettre fin à sa bouderie. « Peu importe mais ce serait bien que tu partes vite, a-t-il répondu, j'ai à faire. » Je le comprenais fort bien, vu les circonstances. J'en étais pourtant incapable, vu mon état.

Après une vingtaine de minutes affalé sur les coussins du sofa, Dieu sait comment je suis parvenu à me lever et à emprunter de façon plus ou moins déterminée le chemin de la porte. Celle-ci fut brusquement fermée derrière moi, sans qu'aucun mot fût prononcé. Heureusement l'escalier était muni d'une rampe, à laquelle je m'agrippais vaille que vaille, avant de sortir, telle une énorme et infortunée noix de cacahuète vomie dans la rue par Wadham, la dédaigneuse...

Ce fut ma première expérience de sexe pervers, et même si elle était loin d'avoir eu une finalité mutuellement satisfaisante, l'excitation qu'elle m'avait procurée m'avait donné le goût du sexe hors norme, du sexe purement ludique, du sexe comme un moyen d'explorer des fantasmes et des sentiments autrement insondables et inavouables. Je revis Dr Wedgwood une année plus tard et nos retrouvailles furent l'occasion d'une dernière « première » qui sortit elle aussi de l'ordinaire, mais qui allait se dérouler cette fois-ci en public. Hélas.

Toi

C'était à l'époque où tu voulais te poser, t'établir dans la vie avec Ed. Il voulait arrêter son trafic, quand il aurait gagné tout le fric du monde, et vous auriez habité à St Barth. Ed se faisait du souci pour toi. Il n'avait pas voulu que tu ailles si loin dans la dégringolade.

Vous avez même lancé un petit restaurant sur la plage pendant quelques mois, dans les îles. Tu courais toute la journée cherchant les poissons les moins chers dans le vieux port. Une seule chose vous manquait : les herbes fraîches et ces herbes ne poussaient que dans un seul endroit de l'île, tout en haut de la colline, dans le jardin d'une vieille dame noire.

Un jour vous êtes montés, toi, Ed et le Kid. Vous avez mis une heure avant d'atteindre le lieu qui sentait merveilleusement le romarin, la coriandre, la cardamome, et le garam masala. Vous vous êtes approchés de la propriétaire, qui vous a tout de suite trouvés sympathiques et qui vous a préparé du thé.

« Vous pourriez faire fortune, si vous vendiez toutes vos herbes au marché en bas », lui as-tu dit en contemplant le jardin où le Kid gambadait, car depuis qu'il te connaissait il n'avait plus peur du gazon. La vieille dame noire vous a écoutés. Elle vous a regardés et puis elle vous a fait l'une des réponses les plus magnifiques de ta vie. Elle a dit tout simplement, avec son accent des Caraïbes, et avec son sourire d'une abondante sérénité « It's too much of a harrass ! », « C'est beaucoup trop d'emmerdement !... »

Pater Omnipotens

Les Britanniques sont obsédés par l'uniforme. Nous en portons à l'école, au travail, dans nos cérémonies officielles, dans la rue, dans nos églises et dans nos clubs spécialisés. La vie universitaire n'y échappe pas. Oxford impose à tout nouvel étudiant l'achat de ce que l'on appelle un *sub-fusc*. Il s'agit du traditionnel habit universitaire comportant pour les jeunes hommes un costume noir et pour les jeunes femmes une jupe, puis pour tous une chemise et un nœud papillon blancs, le tout coiffé d'un mortier et enveloppé d'une toge.

Le port du *sub-fusc* est obligatoire à l'occasion de quelques événements assez rares du calendrier académique, notamment les épreuves de fin d'année. De toute façon l'on pouvait facilement rentabiliser son prix d'achat en se faisant photographier en tenue avec des touristes américains dans l'un des innombrables endroits pittoresques de la ville. Y consacrer son dimanche matin permettait de couvrir largement les frais de plusieurs sorties en semaine. La photo se négociait à mon époque autour d'une livre sterling, et je n'ose même pas imaginer ce que les étudiants post-thatchériens et post-blairistes demandent de nos jours…

À la fin des années 1970, les différences sociales n'avaient pas une grande influence sur la vie des étudiants à Oxford. Le pays entier était quasiment en faillite et nous étions gouvernés par un parti travailliste en pleine décomposition, de plus en plus aux prises avec sa propre base traditionnelle, les syndicats. La nature humaine étant ce qu'elle est, le sens de la hiérarchie des classes quasi inexistante chez les étudiants fut vite remplacé par un autre domaine de lutte et de jalousie : la longueur de nos toges.

Ceux qui avaient réussi l'épreuve de manière normale avaient le titre officiel de *commoners* et leur toge s'arrêtait abruptement en bas du dos. On désignait comme *exhibitioners* ceux qui avaient obtenu un peu plus que la moyenne : grâce à une toge un peu plus longue, ils avaient alors les fesses plus au chaud (ce qui, faut-il le rappeler, constituait un atout considérable dans les couloirs souvent glacés de ces édifices datant du Moyen Âge.) Seuls les *scholars*, ayant obtenu la meilleure note dans chaque matière, avaient le droit de porter la toge la plus longue.

Lors de mon entretien *viva voce* j'avais eu la chance inouïe que l'on me pose une question sur les *Émaux et Camées* de Gautier. C'était précisément l'une des œuvres que j'avais apprises par cœur dans les grottes cornouaillaises. Je n'étais que trop content de pouvoir masquer mon trac en récitant des pans entiers du recueil tombé, certains diront injustement, dans les oubliettes. Le comité de sélection a dû presque m'implorer d'interrompre ce flot, mais sur la base de cette prestation, il fut décidé que je serais le *scholar* de ma promotion en Langues modernes de Pembroke.

Le port de la toge longue comportait quelques privilèges. On avait notamment le premier choix lors de l'attribution des logements. Dans ma deuxième année, j'avais même droit à une suite au collège. Celle-ci était entretenue par une femme de ménage qui s'appelait Mary, et qui était originaire des îles Hébrides. Elle venait plus précisément d'un endroit portant le nom de *Achnegallagher*, dont non seulement le *ch* mais aussi les deux *g* autorisent cette expulsion gutturale de l'air qu'aiment tant les Écossais. Autrement, je ne comprenais pas un mot de ce qu'elle me disait, ce qui ne l'empêchait pas de m'apporter d'innombrables assiettes de goulasch, un plat qui semblait constituer, pour des raisons que je n'ai jamais pu élucider, l'une des spécialités de son île natale.

La toge longue impliquait aussi quelques devoirs, dont le plus pénible était sans doute l'obligation de déclamer une fois par trimestre la prière en latin qui précédait traditionnellement le dîner collégial. Tous les soirs à 8 heures post méridien les trois cents étudiants de Pembroke se retrouvaient dans le Grand Hall habillés en toge, en veste et cravate (curieusement je me souviens aussi qu'on pouvait néanmoins y aller en baskets). À la lumière des bougies, sous les portraits au regard distant d'une cinquantaine d'anciens Masters du collège, nous nous retrouvions autour de grandes tables en chêne non seulement pour la dégustation des *meat-pies* et frites que l'on nous servait la plupart du temps, mais surtout pour les derniers commérages de la vie universitaire.

Vers 8 heures tout le monde se levait pour accueillir le corps enseignant accompagné de leurs invités. Leurs esprits étaient parmi les plus alertes et vifs du pays, leurs pas déjà un peu moins. L'arrivée de ces sommités à la Haute Table pouvait donc durer un petit moment.

Lorsque la dernière sommité était à une distance raisonnable de son siège, et si l'on jugeait qu'il y avait une forte probabilité pour qu'elle puisse l'atteindre, le début du repas était marqué par le Master, qui tapait sur la Haute Table avec son traditionnel maillet en bois. Chaque professeur en possédait un. À ce signal, l'un des *scholars* devait donc déclamer la prière en latin : « *Pro hoc cibo quem ad alimonium corporis nostris sanctificatum es largitus. Nos tibi, Pater Omnipotens reverentur gratimus agimus*... » Cela n'en est que le début, et il fallait en général plus ou moins une minute pour arriver jusqu'au bout.

Afin de rendre cette oraison quotidienne plus palpitante, il y avait des compétitions parmi les étudiants concernant l'interprétation du morceau. Nos maîtres feignaient avec superbe d'ignorer ces défis qui étaient récompensés en fin d'année au cours d'une soirée souvent très arrosée. Un jury *ad hoc* attribuait des Awards à ceux qui l'avaient déclamée le plus rapidement, de la façon la plus théâtrale, sur le ton le plus monocorde, le plus nonchalant, le plus emporté, le plus inaudible, le plus aigu ou encore à celui qui avait prononcé les mots latins avec l'accent régional britannique le plus incongru, et j'en passe... On ne m'a jamais attribué l'un de ces prix. On aurait dû : celui d'avoir ânonné ce charabia avec l'un des traditionnels maillets de la Haute Table inséré dans le rectum !

C'était l'œuvre de notre ami le Chargé de Cours de l'Éthique et de la Philosophie et accessoirement Maître ès Perversités, l'incontournable Dr Wedgwood.

Étant invité un soir à la Haute Table de Pembroke, il avait remarqué sur le planning que c'était son infortuné visiteur de naguère, j'ai nommé la salade de saison ambulante, qui devait lire la prière. Une coïncidence dont il se délectait. Vicieux comme il était, il m'avait sommé de le retrouver dans les toilettes, juste avant l'arrivée du cortège. Curieux comme j'étais, je m'y suis évidemment rendu, un tantinet méfiant mais impatient de savoir quelle perversité il avait concoctée à mon intention.

C'est là et pratiquement sans mot dire qu'il trouva un nouvel usage au maillet, arguant seulement que ce n'était qu'une juste et équitable « punition » pour ma prestation si décevante lors de notre rencontre une année auparavant. Une fois l'objet inséré, il m'accompagna *manu militari* et surtout sans me quitter des yeux vers la Grande Salle.

Je regardais mes pairs dont aucun n'était au courant de la tâche difficile qui était subitement devenue la mienne. J'approchais doucement de la Grande Table, suivant les invités du soir, adoptant une dégaine qui rivalisait sinon de décrépitude au moins de bizarrerie avec la leur. J'ai passé une minute fort inconfortable, massacrant cette oraison et souffrant le martyre, car l'outil était aussi peu petit que commode.

Trente ans plus tard, j'ai décidé que le moment est enfin venu de dévoiler ce secret à la postériorité. Jusque-là nous n'étions que trois au courant : moi-même, l'ancien Chargé de Cours de l'Éthique et de la Philosophie du collège de Wadham, et qui sait, peut-être, le Pater Omnipotens *himself* si d'aventure ce soir-là Il prêtait une oreille attentive à nos supplications.

Toi

Tu t'es fait embaucher à Air Inter. On dit de toi que tu es le plus beau steward de la compagnie. Tu trouves ton boulot hilarant. Tu sers le café, tu discutes avec les passagers, tu te fais draguer par tous, à tel point que personne ne remarque que, pendant la phase finale de l'atterrissage, tu vas parfois dans les toilettes pour te faire un ultime et dernier shoot. Tu en sors, le rush est génial, tu te mets tout près de la sortie et tu dis au revoir à toutes et à tous, plus de cent cinquante fois.

Bonnie Tyler

Si Oxford m'a donné ma première expérience de sexe pervers, et surtout l'occasion de faire mon *coming-out*, la vraie émancipation de ma sexualité débridée allait attendre encore un peu et ceci pour deux raisons. La première est que, suivant une logique qui m'échappe encore aujourd'hui, je me suis retenu d'éjaculer, seul ou accompagné, pendant ma première année à Oxford, (je faisais relâche pendant les vacances) persuadé selon mes journaux intimes que je relis avec étonnement que toute production séminale risquait d'entraver mes études. Passons…

La deuxième raison est encore plus idiote. J'étais tombé amoureux. C'était une première, une de plus. J'avais jeté mon dévolu sur un infirmier attaché à l'un des Instituts psychiatriques de la ville. Scott était américain et avait eu la mauvaise idée de sodomiser l'un de ses patients, d'ailleurs largement consentant… Il omit de mentionner ce fait le soir où nous nous embrassâmes tendrement et tombâmes amoureux dans un bateau à fond plat amarré sur la partie boueuse de la rivière Isis. La lune était ronde et rousse, tout comme ses yeux et sa moustache. Et comme elle, nous nous couchions sur les prés derrière le collège de Christ Church. Les vaches paissaient tranquilles.

Après l'incident à l'hôpital. Scott fut promptement expulsé du pays, et regagna son Vermont natal. J'ai ainsi passé l'intégralité de ma deuxième année à lui écrire des lettres d'amour un peu à la manière du jeune Werther de Goethe, dont les longues et tortueuses souffrances d'adolescent inconsolable étaient alors inscrites au programme de littérature allemande. Je suis allé le voir ensuite aux États-Unis où pendant cinq semaines il refusa de m'adresser la parole. Notre intimité muette a atteint son paroxysme un après-midi au milieu d'une forêt de pins.

Visiblement excédé par la présence d'un invité aussi encombrant, et au bout d'un nouveau silence pesant, dans la moiteur d'une lourde après-midi vermontoise il détacha soudain sa ceinture et se mit à me battre jusqu'à ce que j'en perde connaissance. Lorsque je suis revenu à moi, il était parti depuis un moment. Je me trouvais seul au beau milieu de cette vaste et menaçante forêt jouxtant la frontière canadienne, remplie non seulement de pins mais également, chose plus préoccupante encore, de diverses espèces d'ursidés dont certains étaient réputés peu amènes.

Il me fallut trois heures pour retrouver le chemin de la maison, et quand j'y parvins, faisant brusquement irruption dans la maison, je traversais la pièce principale en direction de la chambre, lui jetant un regard encore plus sombre que les contusions qui commençaient déjà à zébrer mes fesses.

Il lui fallut quelques minutes avant de me suivre, et là, pour la seule et unique fois de mon séjour, il me prit. Sauvagement.

Un voisin travaillait à ce moment-là dans son garage. Il avait son poste allumé. On avait compris depuis un moment qu'il avait une forte prédilection pour la musique country. Bonnie Tyler entama pour la énième fois sa chanson la plus célèbre « *It's a Heartache* » (littéralement cela fait mal au cœur). Jusqu'à aujourd'hui, je ne peux entendre la voix il est vrai percutante mais un peu rauque de la chanteuse galloise sans me remémorer cette pénible pénétration qui conclut de façon brutale notre union. Quelques jours plus tard je suis reparti le long du Mississippi destination JFK et puis Heathrow...

De toute façon, il était largement temps pour l'apprenti pervers de troquer sa toge et ses tomes de Goethe pour les aventures plus succulentes de la vie réelle. Comme mon pays avait poussé la perversité politique jusqu'à vouloir se faire administrer une longue série de fessées par une sadique dominatrice au gant de fer, c'est tout naturellement de l'autre côté de la Manche que je décidais d'exporter à la fois mes espoirs, et en supplément bagages mes fantasmes non encore aboutis.

Toi

Tu conduis à 150 km/h sur une route de Normandie. Tu ne vois plus très clair. Le brouillard est devant, peut-être derrière le pare-brise. Tu ne sais même plus où tu vas. Ton pied appuie sur le frein et tu t'arrêtes pour te faire ton shoot. Tu nettoies comme toujours ton aiguille avec du coton, et tu te l'injectes dans tes veines pour que ça coule et pour que tu reviennes à la vie, la tienne, la seule qu'il te reste…

Tu ne vois pas, pour une fois, qu'un filament de coton est resté sur la pointe de l'aiguille et que silencieusement, lui aussi, il rentre dans tes veines et que tout doucement toi tu rentres dans le coma. Que tout s'endort. Dans le silence de ta Renault, quelque part sur la départementale D 840, entre Évreux et l'Aigle.

St Michel

J'arrive en France, François Mitterrand à l'Élysée. Tandis que le nouveau Président dépose une rose sur la tombe de Jean Jaurès, je dépose mon bagage à l'abribus de la ligne 38 boulevard Saint-Michel. Je regarde tout autour de moi à la recherche du lycée Saint-Louis...

Cette imposante institution qui prépare les étudiants de Math-Sup et de Math-Spé aux Concours des Grandes Écoles avait eu l'idée de me proposer le poste d'assistant d'anglais. Un peu perdu au milieu des klaxons des quatre-chevaux et dans le brouhaha général des touristes et de la jeunesse que je trouvais étrangement euphorique, je demande mon chemin à une passante...

« Excusez-moi, madame. Je suis terriblement désolé de vous importuner mais auriez-vous l'extrême gentillesse de bien vouloir m'indiquer, si éventuellement vous avez le temps, l'emplacement exact où je risquerais de trouver si possible le lycée Saint-Louis ? » m'enquiers-je.

Elle me regarde puis me fait un geste dont je ne saisis pas immédiatement le sens, murmure quelque chose que je ne comprends pas davantage, et lorsque je demande une explication avec la formule que j'avais apprise dans Molière : « Plaît-il ? », ma réplique n'obtient qu'une réponse encore plus abrupte, suivie de son départ précipité.

C'était une grande leçon. Tandis que saint Michel terrassait le Grand Dragon sous mes yeux, je comprenais sur-le-champ que pour survivre en France j'avais intérêt à me défaire de cette couche de politesse onctueuse, souvent enveloppée d'une grandiloquente sophistication linguistique, mais qui emmitoufle comme une volumineuse couche de *custard* les échanges à tous les niveaux entre mes compatriotes. Il allait falloir être plus direct. Ouf ! Je ressentais du coup une sorte d'émancipation plus large qui ne tardait pas à atteindre l'ensemble de mon identité. Je n'étais plus chez moi, je n'étais plus celui que j'étais. Je subissais une véritable mue...

Je poursuivis mon émancipation en m'autoproclamant « exilé sexuel » devant les membres un peu alarmés des différents organismes gay où je me rendais au début des années 1980. À l'époque les nombreuses organisations rivalisaient d'acronymes les plus hermétiques. Quand je n'étais pas au CUARH, (le Comité d'urgence anti-répression homosexuelle), j'étais au CHOP (le Comité homosexuel de l'Ouest parisien). Je me rendais ensuite dans les CHA (les Comités homosexuels d'arrondissement) le mien étant situé dans le sixième dans l'arrière-salle enfumée d'une librairie alternative qui existe d'ailleurs toujours près d'Odéon. Les jeudi soir, dans un vaste amphi dépeuplé de la fac de Nanterre, solidaire avec les camarades homosexués présents, je dénonçais l'hétéro-normalité pendant les réunions du

CLOEGH (le Comité de liaison de l'organisation des états généraux de l'homosexualité), et même si je prêtais une oreille très attentive, j'avoue ne pas avoir saisi toutes les subtilités du différend qui occupa longtemps la RHIF : valait-il mieux se présenter au monde extérieur comme les « Rencontres des homosexuels de l'Île-de-France » ou celles des « *homosexualités* » ?

Dans mon pays le gouvernement de Mrs Thatcher était déjà en train de concocter sa néfaste Clause 28 interdisant toute promotion de l'homosexualité dans les lieux publics. C'était une formulation suffisamment vague pour que tombe sous sa coupe chaque mention de cette tare au cinéma, dans les médias et dans toutes sortes de réunions publiques. Au contraire dans votre pays, Robert Badinter, alors garde des Sceaux, déclarait le 20 décembre 1981 devant l'Assemblée Nationale qu'il était grand temps que la France reconnaisse ce qu'elle devait aux homosexuels ! Il renchérissait en affirmant que la discrimination, la flétrissure même étaient indignes de votre pays. Je n'avais pas l'ombre d'une idée de ce que pouvait être une flétrissure, peu importe, j'en tremblais d'émotion.

En France, le gouvernement écrivait aux gendarmeries pour que l'on cesse de harceler les homosexuels dans les parcs et jardins publics. Dans mon pays, nos si gentils et pittoresques policiers, les *bobbies*, devenaient adeptes des méthodes de « l'agent provocateur » (encore un terme français que nous empruntons hypocritement). Les commissariats expédiaient des officiers en civil, et évidemment pas les plus moches, dans les lieux de drague. Comme il n'y avait pas beaucoup de boîtes ou de pubs spécifiquement gay à l'époque, ils investissaient notamment les *cottages* ou « chaumières », les toilettes publiques connus pour ce type de rencontre. Il suffisait alors d'un moment de faiblesse, du moindre signe d'intérêt parfois même d'un sourire pour mettre fin à toute une carrière et détruire des familles entières.

C'est ce qui arriva à un grand mathématicien britannique du nom d'Alan Turing, l'un des inventeurs de l'ordinateur. Pendant la Seconde Guerre mondiale, c'est lui qui a réussi à décrypter la clé du code secret Enigma des U-Boot, empêchant les Allemands d'avoir la maîtrise des océans. Ce faisant, il a dans un sens contribué autant à l'effort de guerre britannique que Winston Churchill. L'avons-nous fêté comme un héros national ? Bien sûr que non. Nos autorités lui ont infligé deux ans d'emprisonnement pour pratiques homosexuelles. Il préféra se suicider en mangeant une pomme au cyanure.

Le gouvernement de Pierre Mauroy avait également libéré les bandes FM dans vos villes. C'était une initiative courageuse. D'autres pays européens ont mis une vingtaine d'années avant de suivre cet exemple. J'ai assisté aux premières réunions de ce qui allait devenir Fréquence Gaie, première radio homosexuelle du monde à émettre non seulement 24 heures sur 24 mais à être subventionnée par l'État, symboliquement certes, mais la valeur de ce geste était énorme.

Le début de ma carrière radiophonique sur Fréquence Gaie fut remarqué. C'était à l'occasion du mariage de Charles et Diana et il fallait un « correspondant à Londres ». En réalité j'étais assez loin des festivités. On m'avait installé dans une pièce à côté du studio dans le XVe, et j'étais rivé aux images de TF1, son coupé. Nous étions loin d'avoir les moyens d'organiser un duplex. L'auditeur un tant soit peu futé aurait remarqué l'absence totale de bruits d'ambiance accompagnant mon monologue, mais si l'on avait mis le volume de la télévision, il aurait fallu expliquer ma très grande promiscuité avec Léon Zitrone, et pourquoi celui-ci faisait mine d'ignorer totalement ma présence.

Lorsque la Princesse de Galles entra dans l'abbaye de Westminster, je décidais de fournir quelques détails vestimentaires susceptibles de passionner notre auditoire, notamment à propos de la surprenante robe de la mariée. Ceci servait surtout à combler le silence un peu pesant qui accompagnait sans cesse le direct. Du coup sur un ton des plus emphatiques j'annonçai que l'assistance s'était brusquement émue de voir l'irruption dans ce lieu saint d'une si grande « traînée ».

Le directeur des programmes conclut que mes prestations radiophoniques avaient au moins le mérite de sortir de l'ordinaire.

Je restais cinq ans sur Fréquence Gaie, faisant toute sorte d'émissions. Je fus longtemps chargé de la chronique sportive, spécialisée dans les commentaires assez crus que l'on peut aisément imaginer sur les mêlées. Puis dans la chronique du jardinage et du bricolage, j'informais nos auditeurs, souvent en alexandrins, de l'urgence de se jeter sur leurs pelles et de l'impérieuse nécessité de se mettre à bêcher...

J'animais pendant trois ans les Petites Annonces d'Amour et de Tendresse du dimanche après-midi. C'étaient des annonces résolument *soft* où gays et lesbiennes appelaient pour trouver l'âme frère ou sœur en direct. Derrière mon micro, je me délectais de ces dialogues qui se voulaient chastes, mais qui cachaient parfois des relents d'érotisme, voire de lubricité insoupçonnés. Me revient en mémoire un auditeur, un certain Pierre, qui a donné avec sa voix on ne peut plus virile la recette du soufflé au fromage, se délectant de la façon dont il fallait touiller et loucher la crème avec les œufs, après les avoir vigoureusement battus et fouettés. Le moins que l'on puisse dire est que non seulement les auditeurs mais l'animateur aussi étaient tout ouïe. Il avait reçu plus de mille appels.

En parallèle à ces annonces soft, il y avait les annonces hard du samedi soir. Fréquence Gaie expédiait dans Paris son correspondant en la personne de Jean-Michel, « Casque D'or », un motard tout de cuir et tout de go. Ces *live* étaient retransmis depuis les sites de différentes orgies de la nuit parisienne. Notre reporter-baladeur oubliait parfois les règles de la pure déontologie et, abandonnant toute notion d'objectivité dans ses enquêtes, participait directement aux ébats. Nous en perdions parfois le *feed*.

Les premières Gay Pride étaient organisées dans la capitale. Nous parlons d'une autre époque, pourtant il y a vingt-cinq ans seulement. Ces défilés n'avaient rien à voir avec les méga-techno-parades sponsorisées par la SNCF et EDF que l'on voit aujourd'hui. Si le gouvernement avait donné le ton au niveau des mœurs, le message était loin d'être passé dans les mentalités. Un passant m'a craché dessus boulevard Henri-IV, outré par notre seule présence. Lorsque j'essuyai sa salive de ma joue et levai la tête, j'aperçus sur les balcons du grand boulevard des visages gagnés par l'effroi ou par la réprobation. Ces moues nous rendaient encore plus provocateurs et nous scandions : « Les pédés c'est dans la rue, pas dans les placards ! » ou encore « Maman, papa, ton fils est un pédé ! ».

Au début des années 1980, les quelques boîtes et bars gay de la capitale étaient rue Sainte-Anne, une rue qui bifurque de manière espiègle de la grande avenue de l'Opéra avant d'entamer son petit bout de chemin vers le *hinterland* des Grands Boulevards. Les principales boîtes s'appelaient alors Le Sept, Le Bronx et Le Colony. Si l'on considère cette petite artère comme un pantalon un peu serré avec le haut de la braguette côté Opéra, les vendredis et samedis soir, à partir de 23 heures, la rue Sainte-Anne portait résolument à gauche.

Le trottoir était foulé pêle-mêle par les mocassins en cuir des hommes d'affaires *incognito*, par les bottes noires des premiers *leathermen* français, par les talons aiguilles des drag queens, par les santiags des tapins et par les pattes d'eph baskets de ceux d'entre nous qui avaient la libido pleine de fantasmes à défaut d'avoir les poches pleines de francs. 60 francs pour un gin tonique au Sept me paraissait dément à l'époque, mais si l'on attendait l'affluence, vers 1 h 30 du matin, il était possible de se mêler à la foule sans être repéré. Ce n'est pas pour rien que la chanson qui nous accueillait la plupart du temps était « Le fric, c'est chic ».

Deux expériences m'ont totalement épaté lors de mon arrivée en France : ma première visite dans une pâtisserie, puis la découverte de la piste de danse du Sept. Je n'avais jamais vu autant de gourmandises savoureuses, succulentes, délicieuses, délectables, appétissantes, et autrement alléchantes. Les adjectifs valent pour les deux endroits. À la boulangère j'avais confié : « Vous avez de belles friandises, Madame ! » Au Sept, c'était la même sensation, puissance dix : une masse suintante de masculinité débordante, déchaînée de sa propre volupté virile...

Quelques années après, au milieu des années 1980, le quartier gay quitta l'Opéra pour se situer là où il est aujourd'hui, autour des Halles et du Marais. Les boîtes s'appelaient alors Le Broad, le Transfert, Le Look, le Trap, la Haute Tension ou encore Le Whips. Que de nuits passées dans ces endroits ! Vers 4 heures du matin j'empruntais la rue des Mauvais Garçons, croisant ensuite les tout premiers livreurs de viande kacher dans la rue des Rosiers, avant d'arriver le petit matin au Sling ou au Keller.

Petit à petit je commençais à tomber amoureux de la France. J'aimais la façon dont on dit « pardon » si on passe devant quelqu'un (et pas *Thank you* à l'anglaise), j'aimais la musique et les dessins de Folon qui accompagnait la fin d'Antenne 2 tous les soirs, j'aimais que les voyageurs du métro soient « tenus d'obtempérer aux injonctions » des agents de la RATP, j'aimais l'expression « entre chien et loup », j'aimais le « *ne* » totalement redondant que vous mettez dans les phrases comme « je crains qu'elle ne m'aime », et j'aimais le goût de ma tartine beurrée que je trempais chaque matin dans vos verres de lait fraise...

Toi

Ton chien n'en peut plus d'aboyer, de te renifler, de te lécher, dans ce coin solitaire de la départementale, tout le monde s'en fout royalement de toi et de la voiture échouée là, de ce conducteur qui dort et qui reste six heures ? huit heures ? dix heures ? sans se réveiller, sans bouger.

Le Kid ne cesse d'aboyer à tel point qu'il te réveille de ton sommeil profond et que tu te rends compte que tu as tellement touché le fond que la seule solution c'est de te faire un ultime shoot pour que tu puisses rebrousser chemin et retourner vers ta maison. Et cette fois-ci peut-être pour de bon.

L'homme du parking

Quelques pas sur le gravier, puis le silence à nouveau avec comme seule interruption le clapotis de la Seine. Rien ne bouge…

Puis, quelqu'un investit l'espace juste à côté de moi. Suspense. Une fois que je suis suffisamment proche de lui pour le voir de manière plus nette, il faut prendre son courage à deux mains et se mettre sur l'un des côtés du pilier où il se trouve. Le cœur bat à cent à l'heure. L'attente est interminable et dure pourtant à peine quelques secondes, quelques minutes…

Puis, si l'on a de la chance, il fait le premier pas et vient à votre rencontre. Tout d'un coup sa langue est dans votre bouche, sa main sur vos tétons, ou plus bandant encore, directement sur votre braguette…

Paris a donné à l'apprenti pervers que j'étais sa première expérience de sexe en masse grâce notamment à la drague dans les lieux publics, par exemple dans le parking souterrain en face de la gare d'Austerlitz. C'est une grande galerie qui longe sur quelques centaines de mètres les abords de la Seine. Ce lieu lugubre était rempli la journée par les voitures de ceux qui travaillaient dans le quartier, bien avant la construction du ministère des Finances à Bercy. Le soir il était déserté, du moins par les voitures…

La drague dans ce lieu était risquée en raison des descentes alternées des flics et des loubards, fréquentations qui ne rendaient l'ambiance que plus prenante.

Le jeu consistait à repérer un partenaire dans la pénombre. Puis, comme une partie d'échecs, il fallait entamer des mouvements progressifs et stratégiques afin de lui signaler son intérêt et éventuellement aller à sa rencontre. Petit à petit et sans se presser, chacun contournait et s'appropriait les vastes piliers soutenant le plafond en béton armé.

J'ai découvert aussi la drague en plein jour, nettement plus difficile dans mon pays à l'époque. Le plus bel endroit était sans conteste les Tuileries. Sur un air d'« Un jour mon Prince viendra », des promeneurs faisaient des arabesques solitaires, valsant autour des érables et des chaises en fer, avant d'entamer des pas de deux plus discrets dans les allées feuillues en bas de l'escalier, quand ce n'était dans les recoins plus sombres autour du Jeu de Paume.

Le Paris des années 1980, c'était également les premières backrooms. Les rencontres dans les lieux publics avaient ceci de classique qu'elles étaient en général destinées à des actes entre deux partenaires, anonymes certes, mais la plupart du temps en tête à tête. Dans les backrooms, il s'agissait d'actes orgiastiques et éjaculatoires de masse. On y est réduit à l'essentiel. On est là pour copuler, pour satisfaire un désir basique et simple, un besoin qui est à la fois charnel et primaire mais aussi, parfois, profondément spirituel. Je ne me suis jamais senti aussi animal, aussi pur, aussi dénudé, aussi vulnérable, aussi fort mais aussi fragile, aussi libéré mais aussi coupable, aussi calme mais aussi tourmenté que lorsque j'ai emprunté l'escalier qui descendait du premier étage du bar, voir pour la toute première fois ce qui se passait en bas dans le noir…

Toi

C'est ta première réunion des Narcotiques Anonymes. Tu as décidé de pousser la porte, tu vois les autres, tu trouves qu'ils sont un peu tarés. Tout le monde s'assied, donne son nom, et se définit comme un narcotique ou un alcoolique, bref comme un *addict*. Un dépendant. Toi aussi. Tu te présentes et tu regardes les gens assis sur les chaises autour de toi.

Ils racontent tous leurs galères, du coup tu te sens plus libre pour raconter les tiennes. Et tu commences à entrevoir la possibilité que tout cela s'arrête. Tu es en effet *clean* depuis exactement une semaine. Ils t'énervent un peu avec leurs histoires des douze étapes et leurs amendes honorables à tous ceux qu'ils ont pu blesser. Pourtant, à la fin, comme eux, tu récites la Prière de la Sérénité :

Mon Dieu
Donnez-moi la sérénité
D'accepter
Les choses que je ne puis changer,
Le courage

De changer les choses que je peux,
Et la sagesse
D'en connaître la différence

Et pendant ce temps-là, le Kid dort à tes pieds...

L'Enfer

Au milieu de ma vie en quête d'aventure
Ayant perdu le chemin dans un lieu obscur
Je me trouve dans un bar dont le nom m'échappe
Tant je suis popperisé, *out* et dans les vapes.
Hagard, je pénètre les cercles de l'Enfer
Fut-ce au Sling, au Whips, au Broadside ou au Keller ?
De ces âpres sentiers j'ai envie néanmoins
De raconter tout ce dont mon œil fut témoin
Au bord de l'escalier je trépigne et j'hésite
Soudain une masse suintante me précipite
Et me happe dans le trou béant. Au-delà
Du grand escalier je franchis le premier pas,
Je descends. Je lève la tête et mon regard
Quitte une ultime fois la lumière du bar.
Je suis la masse vers les miasmes délétères
Émanant des murs de ce chemin si précaire
La nuit est profonde, le chemin sera long
Abandonnons tout espoir nous qui y entrons !
Il y aura un temps pour des pleurs, pour des larmes
Nous nous éloignons du tumulte, et du vacarme
Lointain des battements qui commencent à se taire

Étouffant le « I Feel Love » de Donna Summer.
Le chemin nous prive de lumière et de bruit
Dans le tréfonds de nos âmes et de cette nuit
Qui saurait le nom de ces visages, ou leur nombre
Partis inéluctablement dans la pénombre ?
Nos pupilles se dilatent sans la lumière
Moribonde, l'éclairage est crépusculaire
L'obscurité est oppressante, comme un âtre
Éclairé à l'aide d'une lampe rougeâtre.
J'étais parmi les ombres qui rôdent et qui errent
Autour de mon petit bout de mur solitaire
On attend, on respire, immobile, on reste
On écoute le murmure de ce lieu funeste
Que de soupirs, de cris et de gémissements
Que d'étranges imprécations et hurlements,
Soudain figé, planté là, aplati contre le mur.
Mes oreilles perçoivent un lugubre murmure
Le tumulte s'étouffe, et l'on respire l'air
Fétide émanant de la noire atmosphère
D'en bas, toujours plus bas, je descends et je glisse
Vers le royaume où règnent l'opprobre et le vice.
Qui pourrait ici se faire une idée bien fiable
De l'étendue de cette cohue innommable
Tous ceux que la luxure engloutit et débauche
Que de dévergondages à droite, ou à gauche,
Saura-t-on un jour ce que nous fûmes et nous vîmes
Au fond de l'oppressant et ténébreux abîme
De ce trou béant émane une odeur de soufre
Si nauséabond, répugnant, du fond du gouffre
Où j'erre, entouré d'âmes perdues à jamais
Dont le péché regorge dans l'immense abcès
Leurs regards lubriques et salaces corroborent
L'idée que nous sommes en Sodome et Gomorrhe !
Lecteur, nul ne serait étonné si votre âme

Choquée n'éprouve que de la honte et du blâme
Soyez sévère et n'ayez aucune pitié
Mais moi, j'ai bien l'intention d'y prendre mon pied !

L'Uomo Perfetto

Les pays latins me subjuguent. Je suis émerveillé par l'effervescente fraîcheur de leurs habitants, je m'éclate devant la chorégraphie frénétique de leur vie quotidienne, je reste bouche bée devant l'époustouflant feu d'artifice articulatoire auquel on assiste chaque fois qu'ils disent quelque chose. Leur sexualité, en revanche, demeure totalement hermétique pour moi. La France se situe, comme si souvent, au croisement entre les deux parties de notre continent, ce qui en fait la plus parfaite terre d'exil pour le Nordique intrigué par les Latins que je suis. Et dans le genre fascinant mais frustrant, aguichant mais agaçant, impressionnant mais totalement impénétrable, on ne fait pas mieux que l'Italie…

Je me souviendrai toujours de la première fois que j'ai traversé la frontière italienne, quelque part en haut des Alpes. C'était l'une des excursions estivales organisées par mes parents et nous roulions en direction de la ville qui porte le plus joli nom imaginable : Domodossola. Ce nom est d'une pure perfection euphonique justement parce que l'accentuation tombe de manière si inattendue et si élégante sur sa troisième syllabe. Les attributs physiques de cette bourgade industrielle sont hélas moins prononcés que ses charmes phonétiques.

À quelques kilomètres de l'entrée de la ville, sur une route montagneuse longeant une rivière qui semblait presque en ébullition, nous dûmes subitement arrêter la voiture à cause d'une certaine *agitazione* au bord du chemin. On comprit vite que, tout en haut des rochers, un incendie s'était déclaré touchant déjà plusieurs arbres. En France, en Suisse, en Allemagne, la police aurait déjà contrôlé les pièces d'identité et érigé des barricades pour établir des zones d'accès non autorisées. Ici, aucune présence des autorités et encore moins de ceux que les Italiens appellent si joliment les « vigiles du feu ». À la place, un petit groupe de riverains et de badauds au bord du torrent, le regard levé vers le haut, faisait des commentaires excités du genre : « *che stupendo spettacolo !* ».

Du coup, nous sommes arrivés très tardivement donc à Stresa, notre destination, juste en face de l'île des Pêcheurs sur le lac Majeur. Nous sommes sortis manger quelque chose dans le seul café encore ouvert. Il y avait peu de clients, et le personnel était composé de trois serveurs magnifiques et d'une vieille dame dont on pouvait facilement soupçonner qu'elle avait pris fait et cause pour Garibaldi au temps de sa jeunesse. La deuxième scène qui me restera éternellement de l'Italie s'est déroulée au moment de la fermeture, à 2 heures du matin. C'était évidemment à la *signora* de ranger chaises et parasols, traînant ces meubles sur ses épaules aussi cambrées que le tronc d'un vieil olivier noueux, cela pendant que nos trois amis serveurs se contentaient d'apostropher la lune et sa scintillante panoplie d'étoiles adoratrices !

Les Italiens sont sans conteste les plus beaux hommes du monde. Je me souviens de la première fois où je suis allé dans une boîte gay, le « 99 » près de Riccione, ville balnéaire à quelques kilomètres de Rimini. Pour assister à ce qui ressemblait à un casting pour les pages de *Uomo Vogue*, j'aurais bien volontiers dépensé les £10 000 affichées comme prix d'entrée, même en sterling, à cette époque où la devise italienne partageait au moins ce symbole, si ce n'est son cours, avec la monnaie de mon pays.

Les Italiens sont magnifiques, certes, mais il y a quelque chose dans leur conception du mâle que je ne comprends pas. Les contradictions abondent et m'ont toujours laissé dans un état de profonde *perplessità*. Prenez les uniformes de leurs *carabinieri*, lesquels sont extravagants au point que même les Village People les auraient rejetés comme trop kitsch. Pourtant la répression policière contre toute manifestation gay en public demeure, jusqu'à nos jours, de loin la plus sévère en Europe de l'Ouest.

Je ne suis pas pudibond. Il suffit de parcourir les chapitres précédents de ce livre, (et peut-être davantage encore ceux qui vont suivre), pour s'en persuader. Pourtant, je ne comprends pas pourquoi les hommes italiens ont constamment besoin de se toucher les parties génitales en public. J'ai un problème avec ça, comme on dit en anglais américain : *I have a problem with it !* À moins qu'il n'y ait sur place un nombre de malformations génitales qui explose toute probabilité statistique, et qui imposerait à l'infortunée gent masculine indigène cette incessante remise en place, il se passe quelque chose que nous autres Européens ne comprenons pas. Je dis bien « nous autres » car je n'ai jamais observé ce même phénomène dans l'Hexagone, où les ressortissants mâles ne se gênent pourtant pas en général pour se vanter de leurs origines latines. Les hommes italiens passent leur temps à se toucher, à arranger et même parfois à frotter franchement leurs couilles, ce qui est assez troublant. Ils ne le font pas qu'à l'approche des belles filles mais également lorsqu'ils croisent d'autres mâles. Dans ce cas, de quoi s'agit-il ? Est-ce un geste de provocation ? de défi ? peut-être une sorte d'appel primaire et testostéronique aux autres membres de la tribu ? Et si oui, pour quoi faire ? passer collectivement à l'acte ?

Il y a en tout cas quelque chose dans leurs yeux à ce moment-là que je qualifierais presque d'extra-terrestre. Ils ont un regard empreint à la fois d'hostilité et de provocation mais d'où n'est pas absent un curieux besoin d'admiration, voire de séduction strictement non sexuelle. J'ai souvent été tenté de me toucher les couilles à leur égard, rien que pour voir ce qui se passe. Un petit reste de délicatesse britannique fait que je me vois aussi mal tenter ce geste, que, mettons, de brandir la *muleta* devant un taureau, dans une arène de corrida.

Il y a d'autres moments où la pure *italianità* de telle ou telle scène me dépasse totalement. J'étais une fois en vacances à Viareggio avec un ami anglais. Nous sommes allés un soir à la plage, plus précisément dans une boîte recommandée par le guide *Spartacus*, le grand guide des endroits gay dans le monde. Des dunes autour du bâtiment montaient quelques gémissements en provenance des nombreuses voitures garées un peu partout, ces véhicules étant le seul endroit où jeunes et parfois moins jeunes habitant toujours chez leurs parents pouvaient connaître un peu d'intimité...

C'est la scène à la sortie de la boîte qui nous a totalement éberlués. Une travestie s'était mise sur une moto au milieu du parking, sous les éclairs du tonnerre sec qui illuminaient cette nuit le ciel toscan. Elle se remuait de manière lascive, caressant tour à tour sa moto et ses seins de manière on ne peut plus outrageuse. Autour d'elle s'étaient regroupés une trentaine de *ragazzi* du coin, tous résolument hétérosexuels, et que ses déhanchements lubriques avaient attirés comme une horde de phalènes survoltés.

Avec mon ami anglais, nous avons regardé ce spectacle pendant un quart d'heure, incrédules. C'était clair qu'elle n'était pas une femme. C'était ô combien évident qu'eux, ils n'étaient pas gays. Dans des pays plus au nord, de telles scènes auraient été empreintes de menace, d'hostilité, de violence sous-jacente. Ici, tout se passait dans une ambiance pour laquelle je ne trouve pas d'autres mots que ceux de provocation sereine.

Je n'ai eu qu'un seul de ces *fratelli d'Italia* et l'expérience fut parfaite, et d'une tendresse délicieusement perverse. C'était à Milan sous un pont ferroviaire. Le guide *Spartacus* recommandait les jardins publics devant le palais Forzesca, lieu de drague indiqué « *AYOR* », *at your own risk*. Pas difficile de trouver le palais et les jardins. Je tombe, suivant les indications données sur la page que j'avais déchirée, sur une petite partie de végétation longeant une ligne de chemins de fer. Plus difficile en revanche d'y dénicher ne serait-ce qu'un *bel uomo*, et encore moins *dei begli uomini*, pluriel irrégulier sur lequel mon stabilo jaune s'était précipité dans mon manuel de langue.

Ce dimanche après-midi, il faisait un temps particulièrement lourd et moite sur la capitale lombarde. Au bout d'un petit moment j'aperçus néanmoins, sous le pont, quelques figures solitaires, cinq hommes en tout, dont l'un qui avait la jambe dans le plâtre. Ils faisaient les cent pas entre les cyprès avant de s'abriter quelques instants derrière des buissons. Je longeai le mur trois ou quatre fois, indifférent aux grondements de tonnerre. Je me disais que de toute façon la pluie ne pouvait être aussi tonitruante que celle à laquelle on avait eu droit la veille. J'eus tort.

Je fus trempé. Totalement. Les cinq hommes se dispersèrent et je courus jusqu'à un vieil arbre, attendant la fin du *maltempo*. L'endroit était tout d'un coup désert. Seul signe de vie, un vieux train qui n'avait pas l'air particulièrement convaincu de sa capacité à ramener son lot de passagers vers Lambrate, direction pourtant vaillamment affichée sur son devant.

Tout d'un coup, surgi de nulle part, j'ai entendu le son d'une moto, insolent sous la pluie battante. Elle s'est arrêtée à quelques mètres de moi. Je vis le motard en descendre pour garer son véhicule sous l'arbre le plus proche du pont. J'aperçus entre les gouttes et les feuilles celui qui en est descendu. Je le vis enlever son casque et secouer son abondante chevelure blonde. Il était habillé en cuir marron. Je le regardais et de loin le surprenais de temps et temps qui jetait un regard dans ma direction.

Comme si la pluie m'avait enlevé toute ma timidité et mes quelques réserves, je le regardais fixement. Lui aussi, tournant la tête dans ma direction, gardait les yeux rivés sur moi. Mon cœur et la pluie semblaient coordonner leurs battements. Je quittais mon abri pour le rejoindre, près de sa moto. Nous avons fait l'amour. Il caressait mes habits complètement trempés. Je l'ai embrassé fougueusement. Aucun mot n'a été échangé. Nul besoin de nous mettre tout nus, on était corps à corps, homme à homme, au grand dam des torrents qui s'abattaient sur nous. C'était totalement intense, totalement anonyme. Une fois qu'il a pris son plaisir, il est parti sans qu'aucun mot ne soit échangé. Il s'est juste retourné un instant, en faisant vrombir sa moto, et pour la première et unique fois, il m'a souri.

Néanmoins, dans toutes mes pérégrinations, l'Italie restera la grande absente. J'ai chaque fois un sentiment d'*impotenza*, et lorsque je me trouve sur place, je me souviens de cette phrase que Voltaire a laissée en italien dans son *Candide* : « que peccato essere senza coglioni ». La version anglaise que j'avais à l'époque trouvée en Cornouailles proposait une traduction plus chaste : « Quel dommage d'être eunuque ! »

La meilleure phrase en revanche pour résumer mon sentiment à l'égard de ce pays et de ses hommes est celle prononcée par un Italien sublime que j'avais repéré dans une boîte à Paris. J'avais essayé sans succès de le draguer et il m'a formulé le rejet le plus savoureux auquel j'ai jamais eu droit : *« sei bello, bellissimo, troppo bello per fare l'amore con te... »*

Toi

Tu rentres un soir du moulin normand que tu loues et que tu retapes avec tes meilleurs amis. La vie te semble plus calme mais plus sûre depuis que tu as touché le fond, et depuis que tu as tout arrêté. Tu roules et dans le brouillard tu vois un auto-stoppeur près de l'échangeur de Roquencourt. Il est mignon. Il a un tee-shirt blanc, un jean et un sac. Tu hésites une demi-seconde. Tu t'arrêtes. Tu le prends. Vous parlez. Dix minutes. Tu arrêtes à nouveau la voiture quelque part sur la route. Il te prend, il te baise. C'est génial.

Il est malade.

Juanjo

Mon incompatibilité sexuelle avec les gens du Sud a connu quelques exceptions, notamment du côté de la péninsule Ibérique. Autant Rome et Milan n'ont jamais vraiment eu une scène cuir florissante, autant Madrid et à un moindre degré Barcelone proposent depuis une dizaine d'années non seulement quelques endroits propices mais surtout une belle brochette de *barones* barbus et baraqués. L'Espagne jouit en effet de la législation la plus libérale de toute l'Europe en matière de droits pour les homosexuels.

Le cuir est un état d'esprit qui repose sur des sous-entendus psychologiques et collectifs profonds. Cela m'a toujours paru une ânerie d'entendre que les gens du Sud n'aiment pas le cuir simplement à cause de leur météo, même si je conçois que la moiteur madrilène ou milanaise puisse parfois imposer des tenues moins contraignantes. Le besoin de s'afficher en cuir l'emporte néanmoins de temps en temps chez nos amis espagnols. L'une des scènes les plus bizarres auxquelles j'ai assisté dans une boîte cuir madrilène (la liste est pourtant longue) a été de voir deux énormes machos, torse aussi poilu que nu, pantalon de cuir, harnais, casquette posée sur le bar, crachant avec gusto moult écorces de cacahuètes par terre, tout en se ventilant frénétiquement à l'aide de deux énormes éventails rouges.

Ma première expérience véritablement sadomasochiste fut en tout cas avec un Espagnol, et rien n'est plus espagnol qu'un membre de la Guardia Civil. Il s'appelait Juan José. Je l'ai croisé un soir d'été à Paris en 1986. Il était en vacances, déambulant autour du centre Pompidou tout en dégustant une glace noisette. Il inspectait, comme il se doit pour un membre de la Guardia Civil, tout ce qui passait sur son chemin. Dont moi.

Nous avons noué une relation sympathique, marchant dans le Marais et nous régalant de ce Paris au mois d'août à l'époque où Paris au mois d'août ressemblait à Paris au mois d'août. Il me disait de l'appeler Juanjo, et je me délectais autant de ce diminutif avec sa double *jota* que de ses yeux aussi troublants qu'une *profunda noche andaluz*.

Juanjo me racontait l'année qu'il venait de passer au sein d'une centrale nucléaire que l'armée espagnole était en train de construire près de Valladolid. Je lui ai demandé de prononcer à plusieurs reprises le nom de cette ville dont j'ignorais l'existence. Je regardais avec admiration le mouvement de sa langue, ce va-et-vient exquis entre des consonnes dentales et des fricatives légèrement chuintées. On ne dira jamais assez que l'espagnol est une langue à forte dominance dentaire, ce qui explique ce délicieux mélange de sons zozotés prononcés au bout des lèvres, de pures voyelles d'origine latine et de sons plus mystérieux émanant du fin fond de la nuit des Maures.

Son anglais était excellent, meilleur en tout cas que mon espagnol. Je n'avais jamais eu jusque-là l'occasion de pratiquer cette langue apprise à l'école pendant une seule année, à l'aide d'un manuel un peu désuet intitulé « Principios de español ». Ce livre relatait « les aventures » de deux écoliers, Pablo y Rosita. La seule dont je me souviens, peut-être pas la plus captivante, concernait un incident assez trouble, où les deux enfants avaient trouvé un œuf au milieu de la seule rue de leur village. Puisqu'ils n'ont rien trouvé de plus intéressant à faire de leur journée que de s'en disputer la propriété, et de façon assez âpre, il a fallu réunir tout le *pueblo* pour répondre à la palpitante question : « *¿ a quien es el huevo ?* » Je me souviens très clairement que l'issue de cette polémique occupait mon esprit nettement moins que mes propres hypothèses concernant les raisons qui avaient pu pousser les premiers scribes hispaniques à mettre des points d'interrogation à l'envers et de les inscrire au début de toutes les questions. *¿Es totalmente inutil, no ?*

Au début de ma rencontre avec Juanjo, l'anglais s'était imposé. Il eut un moment en revanche où je me suis permis de placer je ne sais plus quelle phrase idiote que j'avais retenue de nos amis du *pueblo*, et qui semblait trouver sa place dans la conversation. Cette initiative a provoqué une observation assez intéressante de mon interlocuteur et qui n'est certainement pas sans influencer inconsciemment bon nombre des décisions détaillées dans le présent volume, car il m'a dit : « Continue à parler espagnol, cela te rend plus vulnérable, donc plus attirant à mes yeux… »

Une fois le ton donné, Juanjo me confia avoir toujours eu des envies sadomasochistes, sans jamais oser les assumer. Cette prédilection était évidemment loin de tomber dans l'oreille d'un sourd et, une fois nos glaces sucées, nos pas se dirigèrent petit à petit en direction de mon appartement, à l'époque dans le douzième arrondissement, juste à côté de la rue Picpus. Nous avions raté le dernier métro, ce qui nous donnait tout loisir, en descendant la longue avenue Daumesnil, de nous raconter nos envies et nos fantasmes, inassouvis pour le moment de chaque côté. C'était une mise en bouche des plus prometteuses.

On arrive chez moi. On s'embrasse fougueusement. Il me tient les cheveux et le crâne de manière un peu brutale, certes, mais tout comme il se doit pour un membre de la Guardia Civil. Je le caresse gentiment et doucement, tout comme il se doit pour un masochiste. Le fantasme de l'uniforme avait nourri nos échanges préliminaires, tant il est évident que l'aspect vestimentaire joue un rôle primordial dans le subtil échange de déclics régissant tout rapport entre un dominateur et un soumis. L'ennui, c'est que je n'en avais pas à la maison…

Juanjo décide qu'il faut au moins des bottes. Il m'ordonne de lui présenter l'offre disponible, ainsi qu'une bière. Je reviens quelques minutes après, avec une sélection de trois vieilles paires noires trouvées *in extremis* au fond de mon armoire. Ses pieds latins étaient considérablement plus petits que les miens, ce qui ne l'empêcha pas de chausser le modèle de son choix, en l'occurrence une vieille paire de Timberlands. Je lui ai également fourni un pantalon treillis qui lui allait mieux lorsque le bas nettement trop long était enfoncé dans le haut de ses chaussettes. Il suffisait ensuite d'enlever son tee-shirt blanc un peu trop ample pour révéler en dessous une superbe *pilosidad*.

Pas d'uniforme sans casquette, et là l'offre était particulièrement restreinte : je n'en avais qu'une. C'était une casquette de l'armée canadienne que j'avais trouvée un jour aux Puces de Saint-Ouen pour 10 francs. Elle n'était malheureusement ni à ma taille, ni à la sienne, étant nettement trop grande, mais il la plaqua sur sa tête comme il pouvait, essayant de cacher ses cheveux bouclés dedans. De toute façon, à la lumière vacillante des bougies que je m'employais frénétiquement à allumer dans les quatre coins de la pièce, le tout produisit l'effet voulu.

Juanjo m'arracha subitement les allumettes de la main et m'ordonna en espagnol de m'agenouiller afin de lui lécher les bottes : « ¡ *Arrodíllate y chúpame las botas, cabrón !* » Le petit ennui est que Pablo y Rosita n'avaient jamais fait état des différentes parties de leurs anatomies. Du coup j'ai confondu « genoux » avec « bougies », concluant malheureusement qu'il voulait que j'éteigne toutes les lumières que je venais d'allumer, ce que je fis à l'instant. « *What are you doing* ? » me demanda-t-il, un peu dépité, en anglais. Une fois le quiproquo dissipé, je m'agenouillai promptement, après avoir une nouvelle fois allumé tous les cierges.

Lécher les bottes est quelque chose que je n'avais jamais fait et qui me remplissait à la fois d'excitation et de dégoût. Excitation car ce geste universel et à forte valeur symbolique établit d'office le rapport de domination et de soumission qui convient entre un maître et son soumis. Dégoût car je savais très bien où elles avaient traîné depuis au moins deux ans, à savoir au fond de ma vieille armoire poussiéreuse. J'aurais nettement préféré passer un Sopalin dessus, mais Juanjo sembla soudain pressé de passer à l'acte. Je me baissais et me retrouvais nez à nez avec mes propres bottes.

Je commençais très délicatement à mordiller les lacets, en regardant plusieurs fois en haut pour voir si cela suscitait une réaction. Que de la froideur, tout comme il se doit pour un membre de la Guardia Civil. J'entamais ensuite des mouvements linguaux de haut en bas, d'abord sur le devant des bottes, laissant des traînées visqueuses de ma propre salive sur le noir mat du cuir. Juanjo était davantage excité. Il ouvrit sa canette de bière, en tirant virilement sur le décapsuleur, but quelques gorgées et à mon grand étonnement me saisit par les cheveux, remontant ma tête au niveau de son pelvis et me cracha l'intégralité de sa bouchée sur le visage.

Mes pensées auraient dû se concentrer sur le sentiment d'humiliation que ce geste était censé inspirer, mais voilà que notre Fée du Logis songea à aller chercher une serpillière afin d'éponger la moquette. Mes yeux commençaient à me piquer, en raison du liquide acide dont mon visage venait d'être aspergé. Du coup je n'eus pas le temps de voir Juanjo se baisser à ma rencontre et m'embrasser on ne peut plus tendrement. Il fit couler une autre gorgée de bière directement dans ma bouche. C'était divin. Nous nous roulions une pelle totalement moussante, nous nous regardions les yeux dans les yeux, soudain conscients de l'osmose parfaite entre nos deux désirs.

Quelques instants après, il lui vient l'idée de me prendre et il me l'annonça, proposition rendue encore plus pressante car exprimée à nouveau dans sa langue maternelle. Cette fois-ci, faisant fi de nos deux gamins du village, je n'eus aucun mal à saisir le sens de son « *¡ voy a darte por culo !* ». Il me fit signe de me lever et, tout en posant sa canette de bière, il commença à inspecter mon tee-shirt. Il le prit d'abord par la taille et se mit à soulever le tissu mouillé au-dessus de ma tête. Il se ravisa, me regarda et, tout d'un coup, saisit le vêtement avec ses deux mains viriles puis, en me regardant les yeux dans les yeux, déchira le tissu de haut en bas.

Juanjo me contempla quelques instants avec les morceaux humides du tissu dans ses mains. Il les regarda, je les regardais. Après un petit laps de temps il décida de me les enfoncer autant que possible dans la bouche. Je l'ouvris grande et mordis sur ce qui était mon tee-shirt, tout en émettant quelques sons assourdis et en retenant surtout un léger haut-le-cœur.

Ensuite, mon Officier décida de s'attaquer à mon jean. Je vis dans ses yeux qu'il commençait à se prendre au jeu. Il mit ses deux mains près de la ceinture mais se rendit vite compte qu'il aurait du mal à déchirer cet habit avec autant de facilité que le tee-shirt. J'étais partagé un instant entre l'excitation du scénario et la volonté de lui souffler que c'était mon meilleur jean et qu'il m'avait coûté 220 francs dans un magasin Lévis et qu'en plus, ce n'était pas de la tarte de retrouver ma taille, 36 fois 36, dans les boutiques en France... Puis je me souvins que l'expression de ce dilemme était de toute façon exclue, étant donné le morceau de coton imbibé au houblon fourré que j'étais en train de mâcher...

« Va chercher un couteau ! » me dit-il. Je déglutis abruptement. Il me regarda comme s'il n'était pas entièrement sûr de ce qu'il venait d'avancer. Ce nouvel élément nous excita tous les deux et je compris soudain qu'il fallait obtempérer. Je m'en allai, obéissant, dans la cuisine et ouvris mon tiroir à couverts, hésitant entre le grand couteau à découper des cuisses de poulet et celui un peu plus émoussé que j'utilisais pour les baguettes. Je frissonnais au moment où je choisis le premier et revins lui tendre l'outil.

Il me regarda droit dans les yeux au moment de le saisir. J'ai peur. Très peur. C'est la peur sous-jacente qui est présente dans chaque scénario SM et sans laquelle les subtils rouages de la soumission et de la domination ne pourraient se mettre en place. Sans elle toute surenchère dans la perversité est inimaginable. Peur de souffrir, peur de tomber sur un vrai taré, peur d'un accident, peur d'aller trop loin. La prise de conscience de cette frayeur constitue « le moment », l'instant précis où la relation s'établit et se nourrit entre un *top*, le dominateur et un *bottom*, le dominé, pris tous les deux dans l'engrenage de leurs besoins secrets, surgis d'on ne sait quel tréfonds de la psyché humaine.

Il regarda la lame dont les reflets zigzaguaient parmi les jeux de lumière et d'ombre créés par les bougies. Il me dit de m'asseoir dans le seul et unique fauteuil que j'avais chez moi, et vint se mettre au-dessus de moi, assis sur mes jambes, couteau à la main.

Puis très délicatement, aussi doucement que s'il me donnait un baiser dans le cou, il appliqua la pointe de la lame sur mon pantalon. Il hésita un instant. Doucement, il perça un petit trou, tout en faisant extrêmement attention à ne pas me faire mal. Après la création de ce trou, il me regarda à nouveau, étonné de son acte. J'étais, moi, trop figé pour trembler ou même pour frissonner, que ce soit de plaisir ou de peur.

Tout d'un coup, il eut une nouvelle idée. Il reprit la lame d'une main et de l'autre une des bougies. Il se mit on ne peut plus doucement à chauffer le couteau sur la flamme, regardant tour à tour la lame et mes yeux, eux aussi totalement rivés sur l'objet qui nous séparait. Lorsque l'acier du couteau commença légèrement à noircir et qu'il estima que la lame était suffisamment chaude, il m'enleva enfin le morceau de tissu de la bouche et me dit de l'ouvrir aussi grande que possible.

La pointe de son couteau pénétra dans l'espace entre mes lèvres. Il me susurra très doucement l'ordre de ne pas bouger. Je restais totalement statique, toutes mes forces concentrées sur l'effort de garder ma bouche absolument immobile. Petit à petit l'extrême pointe de son couteau effleura mes gencives, l'arrière de mon palais, puis la chair au-dessus de ma langue. Très délicatement.

Le moindre mouvement ou tressaillement de ma part aurait provoqué une coupure. Je sentis non seulement l'invasion du couteau mais aussi la chaleur qui s'en dégageait. C'était un moment de pur sado-masochisme. Aucun mal, aucune souffrance, aucune douleur, juste une totale et absolue harmonie entre deux désirs insondables.

Après quelques instants qui durèrent une éternité, il retira doucement la lame, la contempla, me regarda, me lança un énorme sourire et puis m'embrassa comme si le destin du monde entier en dépendait. Pendant un long moment nous nous sommes caressés, collés l'un contre l'autre dans le fauteuil.

Nous n'avons pas fait l'amour. Il ne m'a jamais pris. Nous n'en avions plus besoin...

On est allés se coucher, et pendant la nuit il me tenait contre lui. Il parlait beaucoup et avant de nous endormir, avec le lointain murmure du trafic nocturne près de la Porte Dorée, il me cita des passages entiers en espagnol de San Juan de la Cruz, me disant que pour lui cette œuvre célébrait le plus parfait sado-masochisme qui soit : celui de l'âme.

Le lendemain, je retrouve ces cinq lignes qu'il avait recopiées à la main et qu'il m'avait laissées sur le fauteuil, avant de repartir à tout jamais pour Valladolid, tout comme il se doit pour un membre de la Guardia Civil...

Y por eso, cuando te tengo aqui y te miro a los ojos
Y alli el alma te luce como un grano de arena celeste
Estrella pura con sino de atraer mas que todas las otras
Te cubro con mi vida y aqui en mi amor te escondo...
para que no te vean

Et pour ceci, lorsque je te tiens et te regarde dans les yeux
Et là-bas ton âme reluit comme un grain de sable céleste
Une étoile pure dont le sort est d'être plus belle que toutes les autres
Je te recouvre avec ma vie et ici dans mon amour je te cache, pour qu'ils ne te voient pas…

L'homme parfait

Dans les années 1980 je faisais des boîtes cuir et des backrooms de Paris une consommation sans modération. J'ai dû échanger de la tendresse et des fantasmes avec un nombre incalculable d'hommes, dont je serais évidemment autant incapable de me souvenir du visage, et encore moins du nom, qu'ils le seraient, eux, des miens. Il m'est arrivé de nombreuses fois de partager de vrais instants de tendresse avec de parfaits inconnus auxquels je me suis livré corps et âme, le temps d'une étreinte fougueuse et d'une jouissance partagée. Nos rencontres se limitaient aux pratiques sexuelles les plus rudimentaires, mais j'y trouvais mon compte. Eux aussi, qui sait…

Mes virées dans les souterrains de ces bars m'ont valu néanmoins quelques déconvenues. Un matin à 5 heures, dans la boîte parisienne Haute Tension, frustré de n'avoir trouvé personne, je me suis mis à draguer un grand monsieur visiblement très baraqué dont j'apercevais assez vaguement la silhouette dans la pénombre au fond de la salle. Mon attitude de plus en plus insistante résultait à la fois de mon entêtement, de ma frustration et de l'état plus que brumeux causé par les bières que j'avais depuis longtemps ingurgitées. Fort dépité par son manque d'intérêt manifeste, c'est seulement au bout d'un bon moment que j'ai découvert qu'il s'agissait d'un conduit d'aération.

Parfois dans les backrooms on peut passer presque à côté du seul vrai amour de sa vie, un peu comme deux énormes navires qui se croisent dans la nuit avant de continuer leur voyage vers des destinations différentes. Presque.

Toi

« Il y a la queue », m'as-tu dit. C'est d'ailleurs la première chose que tu m'as dite. Tu attendais devant les toilettes, là où se trouvaient les lavabos. Des serviettes en papier débordaient de la poubelle. Il y avait de l'eau par terre, et plus de savon dans le distributeur. Une odeur d'urine stagnante régnait. Ce n'était pas un endroit empreint de romantisme.

Je conçois en effet que c'était peut-être un peu énervant de voir quelqu'un passer devant les autres. Vous étiez au moins cinq à attendre, toi en tête, mais je voulais juste me laver les mains. La preuve, je retournais stupidement le porte-savon pour essayer d'en extraire quelque chose. Puis je me retournais moi aussi un peu stupidement, et avant de prononcer le moindre mot, je suis tombé sur le plus beau sourire que j'avais jamais vu…

« Il y a la queue ! » me répètes-tu…

Je commence à parler avec toi. Je vois que tu as des yeux verts. Je me sèche les mains sous l'appareil, sans me rendre compte que ce n'était pas vraiment la peine, vu que j'avais oublié de les mouiller, étant donné l'absence de savon dans le distributeur...

Je t'explique, un peu gêné, que je viens de faire affaire avec un touriste suédois, un certain Ulf ou quelque chose comme ça là-haut dans la backroom. Tu m'expliques que tu as déjà trouvé chaussure à ton pied, toi, au sauna avant de venir au Trap et que tu veux tout simplement dormir avec quelqu'un. Si je veux t'accompagner, je suis le bienvenu. C'est l'un de ces moments où l'on a besoin de sentir un autre homme, un mâle, toute la nuit qui respire à côté de soi, enveloppé dans ses bras, caressant de temps en temps sa joue, plongeant son nez dans cette chaleur masculine, et puis de lui lécher la peau, de renifler sa sueur, de guetter sa respiration... Peu importe qu'on ne le connaisse que depuis un quart d'heure.

Je suis rentré dans ta voiture, et ton chien nous a léché les oreilles. D'abord les tiennes, puis les miennes. Tu es rentré dans mon lit, et moi dans ta vie. Tu as laissé le Kid dans la voiture car tu n'osais pas le faire venir chez moi la première fois. Tu n'as pas ronflé, et toute la nuit on s'est tenu la main, ma tête sur ton épaule, puis toi niché derrière mon dos.

Le lendemain je me suis réveillé malgré le peu de lumière qui traverse les stores noirs de mon studio de la rue des Archives, j'ai pu voir tes lèvres, les cheveux qui recouvrent toujours ton front et une partie de tes sourcils. Pendant que tu dors encore, j'embrasse délicatement ta joue. Tu pars à 7 h 30, car tu culpabilises énormément d'avoir laissé le Kid toute la nuit dans ta voiture.

Le lendemain tu me rappelles pour m'inviter dans le moulin que tu louais et que tu retapais. C'était dans un endroit qui porte le nom de Conches-en-Ouche. Tu as un ami, me dis-tu, qui y a oublié son agenda, et tu lui as promis de le chercher. Avant de te retrouver, je vais au sauna dans ma salle de gym aux Halles et je mets un peu de crème auto-bronzante. Je prend le métro, la ligne 1, celle qui me reliera désormais à toi.

Tu m'attends porte Maillot et, au moment où j'ouvre la porte de ta Renault, à cet instant précis, au milieu du brouhaha de la circulation entre Neuilly et l'Arc de Triomphe, une drôle de question se présente à mon esprit. Question dont je ne comprends pas pourquoi elle est là, tant elle semble en totale contradiction avec tout ce que je vis en ce moment même... N'empêche, une voix dans ma tête me demande abruptement : « Dans quelle galère est-ce que tu m'embarques ? »

Me voilà en tout cas en route avec toi vers la Normandie et un vieux moulin avec ses colombages, ses brumes matinales absolument roses lesquelles enveloppent une petite rivière qui s'appelle le Rouloir. Nous sommes allés promener ton chien. Chaussé dans tes bottes de caoutchouc vertes trop serrées, avec l'un de tes pulls troués sur mes épaules, je te suis dans les champs d'orties. Le Kid va devant...

Puisque tu l'as acheté aux États-Unis, et puisque c'est ton chien, le Kid présente la curiosité de comprendre l'anglais uniquement quand il est parlé avec un accent français. Je m'en aperçois la première fois lorsque tu lui lances un bout de bois, et que tu lui dis en anglais, en zozotant le « th » : « *get ze bone* ».

Quelques secondes après, puisqu'il le ramène, je lui lance le même ordre mais avec ce que l'on appelle dans les cours de phonétique anglaise, ma « *Received Pronunciation* »... Incompréhension... Le Kid ne saisit visiblement pas mon anglais avec mes « th's » correctement soufflés entre le haut de ma langue et le bout de mes dents. Tu souris quand je suis obligé de singer ton accent, avant que ton chien ne ramène fièrement le morceau.

C'est là, pendant qu'on se promène dans la vallée du Rouloir, dans ce pays d'Ouche avec ses terres un peu vallonnées, s'étendant d'Évreux vers la Basse Normandie, dans ce paysage un peu fromager et tarte où je n'avais jamais mis les pieds auparavant, que tout d'un coup je me retourne vers toi. Tu me mets la main dans les cheveux et nous nous embrassons.

Nous rejoignons Paris, nous faisons l'amour très tendrement chez toi, et le lendemain je reprends la ligne 1 direction Château de Vincennes. Je suis sur un nuage. Je chante *Go West* des Pet Shops Boys sous ma douche, et je touche le tronc des arbres dans la rue des Archives, sans trop savoir pourquoi. On sait qu'on est amoureux lorsqu'on surprend son propre reflet dans les vitrines du magasin de Service Après-Vente du BHV et que l'on est en train de sourire.

On se focalise sur le prochain rendez-vous. Le nôtre était le lendemain : tu m'avais dit que tu voulais manger une soupe thom ka khaï dans ton restaurant préféré à Belleville. Tu devais passer chez moi me prendre à 20 heures pour y aller en métro. C'est direct depuis l'Hôtel de Ville, sur la ligne numéro 11, direction Mairie des Lilas… Sauf que tu n'es jamais venu.

Tu ne m'as pas appelé non plus…

Aucun signe de toi.

Je ne comprends pas. Après ces premiers jours, après le moulin, ce silence est inconcevable. Je n'ai aucun moyen de te joindre, et ton numéro à Neuilly sonne constamment dans le vide. Ton répondeur répète sans cesse que tu n'es pas disponible mais que tu me rappelleras dès que tu le pourras. Pour une raison que je ne comprends pas, on dirait en effet que tu ne peux pas.

J'attends une semaine, une semaine où je perds un peu espoir, puis soudain tu reviens. Tu me dis que tu avais besoin de partir dans le Midi pour faire le point. Tu me dis que tu as beaucoup réfléchi et que tu as envie de me parler. C'est un samedi soir du mois de juin, et nous allons promener le Kid dans les rues un peu désertes de ton quartier de Neuilly. Nous cherchons un Haagen Dasz, et avons du mal à trouver ton parfum préféré, le *Cookies and Cream*. Nous devons nous contenter, toi, de *Macademia Nut Brittle*, et moi de *Raw Cookie Dough*. Nous mangeons tout le pot ensemble avec nos cuillères en plastique bleu et tu me dis que tu es séropositif.

Nous sommes deux ou trois ans à peine après l'apparition de la maladie. Il n'y a aucun remède. Annoncer une séropositivité revenait à l'époque à donner le top départ d'un irrévocable compte à rebours. Je t'avoue que j'ai paniqué. Égoïstement. Cela fait quelques années déjà que je la côtoie, cette peste, en prenant toutes les précautions pour l'éviter, mais en ayant toujours l'impression de lui damer le pion. Je savais au fond de moi qu'elle allait finir par se venger, comme la solitude dans la chanson de Barbara qui nous guette le soir quand on rentre chez soi…

Je m'en veux et je suis désolé, mais je ne peux t'embrasser pendant des jours. Stupidement, bêtement, je sais, moi qui ai même fait des émissions sur Fréquence Gaie où des médecins venaient rassurer nos auditeurs que le risque de l'attraper en s'embrassant est minime. Je suis allé dans le bureau des archives de la presse à France Inter où j'étais pigiste à l'époque, fouillant de manière obsessionnelle dans les dépêches pour me convaincre que je pouvais le faire. J'ai fini par en trouver une qui déclarait que « la salive humaine contiendrait un enzyme qui empêcherait la propagation du virus du sida ». Je me suis précipité à la maison et je t'ai roulé une énorme pelle bien baveuse, ce qui t'a un peu amusé.

Au début, j'hésite parfois à te tenir la main, pour peu que celle-ci soit trop moite. J'ai peur à 4 heures du matin lorsque je me réveille à tes côtés et que j'entends un moustique. J'ai beau lire des dizaines d'articles me disant que les insectes ne véhiculent pas la maladie, mais dans les heures bleues, au milieu de la nuit, j'ai peur. J'ai honte de penser à moi, peut-être parce que j'ai peur de penser à nous…

Doucement je m'y suis fait, toi aussi, à notre ménage à trois avec elle, la maladie. Elle restait tapie dans le fond, comme les vipères dans les prés autour du moulin et dont tu avais toujours peur qu'elles ne mordent un jour le Kid. C'est pour cela que les placards de ta salle de bains étaient toujours bourrés d'Aspi Venin.

Les placards de la cuisine en revanche étaient bourrés de mes pots de confiture. Souviens-toi de cet été où j'en ai fait un nombre incalculable de variantes après avoir découvert ces merveilleux paquets de sucre avec pectine incorporée, ce qui t'avait considérablement énervé : « Encore une nouvelle confiture de notre ami Alex ! » proclamais-tu au petit déjeuner devant tes amis... Néanmoins, avoue-le ! tu n'arrivais plus à t'en passer de celle à la fraise au goût citronné. Toi, tu t'occupais de préparer tes sublimes salades au thon, au riz et à l'avocat, que nous mangions les soirs d'été à la bougie sur un petit promontoire donnant sur le Rouloir. Petit à petit, doucement, presque sans qu'on les remarque, la tendresse et l'amour ont pris le pas sur la maladie que nous avons du coup rangée dans un autre placard, le temps de quelques étés de rêve.

Nos amis à l'époque faisaient tous partie des Alcooliques et des Narcotiques Anonymes dont tu étais l'un des fondateurs en France. Tombé dans le fond, tu avais retourné ta vie, quelque temps avant que je ne te rencontre, et tu avais décidé d'aider les autres à s'en sortir. Tu m'as dit d'ailleurs plusieurs fois en souriant que tu me gardais comme petit ami uniquement parce qu'un membre des AA ne tombait pas tous les jours sur quelqu'un qui préférait nettement le thé au vin rouge...

Chaque week-end des gens différents, clean et sobres depuis quelque temps, venaient nous raconter leurs histoires qui étaient souvent dramatiques, souvent terrifiantes, parfois très drôles, et quand ils n'étaient pas là, tu passais des heures et des heures au téléphone en conseillant les nouveaux venus qui t'avaient choisi comme « parrain ».

J'ai même rencontré Hélène. La première fois, la conversation était plutôt froide, et se limitait à cette polémique : le lait cru redonnait-il le goût du vrai thé anglais ? Elle prétendait que si, j'assurais que non. Tu es parti un moment te réfugier dans le jardin. Je suis parti me cacher « mort de fatigue » sur le lit dans la chambre du haut. Comme souvent, le vernis de politesse a été allègrement ignoré par une enfant, laquelle avait instinctivement perçu le malaise ambiant. En effet la fille d'Hélène, qui avait cinq ans, vient me chercher dans la chambre une heure après et me lance : « Crotte de pigeon ! crotte de pigeon ! Nous allons appeler la police, ils vont te mettre en prison et comme cela tu ne viendras plus jamais ici ! » J'étais terrorisé… Hélène et toi, vous vous êtes moqués de moi toute la soirée, et cela a fini par briser la glace.

Puis, les soirs d'hiver, pendant que tu faisais ton poulet à l'estragon avec tes inoubliables pommes « Duchesse », je me prenais pour Vladimir Horowitz au piano avec mes versions approximatives des nocturnes de Chopin, que toi et le Kid écoutiez avec indulgence à côté du feu crépitant.

Un de ces soirs d'hiver, en rentrant de Conches, nous sommes tombés sur une moissonneuse-batteuse émettant d'étranges lumières et dévorant les champs au milieu d'une brume épaisse. Cela faisait OVNI. Tu as arrêté la voiture en m'annonçant assez abruptement que la beauté c'était aussi imprévisible que les sentiments, et que parfois on faisait de drôles de rencontres dans la vie, avant de m'embrasser très fort en me disant que tu m'aimais.

Mon père est venu nous rendre visite après la mort de ma mère. Il savait que j'étais gay. Je l'avais d'abord dit à ma mère au terme de mon premier trimestre à Oxford. « Surtout ne le dis pas à ton père ! » m'avait-elle répondu. Un peu lâchement, je n'ai été que trop content d'obtempérer et je ne lui ai rien dit. Elle s'en est chargée elle-même un jour, alors qu'il lui rendait visite à l'hôpital. Depuis il savait, mais on n'en parlait pas…

C'est pour cela, (je ne te l'ai pas dit, mais imagine !) que j'ai un peu paniqué lorsque je suis allé le chercher à la gare d'Évreux, où il est arrivé pour passer une semaine avec nous au moulin. Il avait pris le ferry Newhaven Dieppe. Lorsque je l'attendais sur le parking dans ta Renault, je demandais au Kid ce que mon père et l'énergumène qui était mon petit ami allaient avoir en commun. Deux êtres si différents que le destin – non, que moi ! – j'avais décidé de réunir ! A priori le Kid n'était pas convaincu non plus…

C'était sans penser à la chose la plus évidente que vous aviez en commun : le jardinage ! Pendant une semaine vous nous avez saoulés avec vos histoires d'arrosage et de rempotage. Vous n'avez parlé que de cela, mais n'empêche, après ce séjour, mon père n'a jamais manqué une seule fois de me demander au téléphone comment tu allais, et puis il a posé à son retour en Angleterre sur la tablette de la cheminée du salon, discrètement mais dans un geste qui m'a bouleversé, une photo de nous deux, à la vue de tous ses invités plutôt conservateurs du Sussex.

Jusque-là j'avais toujours pensé que le plus grand regret de ma vie était que ma mère, qui avait toujours voulu que je fasse de la télévision, soit morte quelques mois seulement avant que je ne commence à présenter l'émission « Continentales » sur France 3. Je me suis rendu compte récemment que c'est plutôt qu'elle ne t'ait jamais connu toi, qu'elle ne nous ait jamais vus ensemble, toi et moi, pour avoir une autre image de l'homosexualité que celle imposée par la société qui l'avait vue grandir.

Tes parents, habitués qu'ils étaient à tes petits amis plutôt olé olé, m'avaient un peu froidement accueilli lorsque tu m'as amené les voir la première fois dans leur maison à Salbris. Encore un autre, pensaient-ils. Heureusement que je jouais du piano. Chaque fois que je la voyais, je parlais à ta mère de mes partitions, et j'ai longtemps écouté ton père m'expliquer les aléas de la chasse aux tourtereaux, et la façon d'entraîner un chien à rabattre les vols d'oies vers les mares de la propriété. Et pendant ce temps-là nous nous endormions, main dans la main, dans le silence impénétrable des nuits de Sologne, interrompu de temps en temps par le bruit glaçant des grenouilles dans les marécages un peu lugubres tout autour.

Les premières années on arrivait même à oublier ta maladie. De temps en temps elle nous rappelait méchamment qu'elle était là, qu'elle nous guettait. Comme tous les couples gay, nous commencions à perdre des amis. Le premier d'entre eux s'appelait Steven. Il était américain et avait fui l'Amérique de Reagan. Pendant une dizaine d'années il était devenu l'un de mes meilleurs amis à Paris. Il était ébéniste.

L'ami français de Steven était venu au moulin et il avait déjà du mal à marcher. Cela faisait trois ans qu'il était malade. Steven avait passé deux ans à l'éponger pendant des nuits sans sommeil, ni pour l'un ni pour l'autre. Quand son ami est mort, Steven a acheté une fermette plus ou moins à l'abandon près de Caen et il a passé le reste de sa vie, une année à peine, à l'aménager. La nuit, au milieu de la campagne normande, il avait des sueurs, lui aussi, mais il n'y avait personne pour l'éponger.

Je lui ai rendu visite à l'hôpital de la Salpêtrière en dépit de l'interdiction de sa mère, arrivée à Paris depuis le Michigan et pas très bien disposée à l'égard des amis homosexuels de son fils. Néanmoins, elle a fini par me consentir une visite de cinq minutes. C'était la première fois que je voyais quelqu'un d'aussi squelettique, hagard, jaunâtre, mais avec un regard d'une intensité saisissante. Lorsque je lui ai donné le ridicule cadeau que j'avais pour lui, un nounours, il a serré très fort les pattes et a prononcé une seule phrase : « *Hey* ! C'est exactement ce qu'il me faut, cela va m'aider à retrouver de la force dans mes doigts... », en contemplant très sérieusement la peluche du fond de ses yeux exorbités. Il est mort trois jours après.

Une fois j'ai dû faire une remarque innocente concernant le fait qu'on serait gaga, toi et moi, dans nos vieux jours. « Pour moi c'est mal barré », m'as-tu répondu. C'était la première fois, pendant que tu faisais cuire des haricots verts dans ta cuisine à Neuilly, que tu avais évoqué ta mort. On dit parfois dans ta langue maternelle qu'un ange est passé. Je ne sais quel intrus est venu, le temps d'une seconde, effleurer la banalité de notre quotidien à Neuilly. On ne s'est pas regardé. J'ai continué à mettre le couvert et toi tu t'es remis à touiller tes légumes.

C'est pendant ces années-là que ma vie professionnelle a complètement changé. Jusque-là je faisais des piges dans les médias par-ci, des vacations dans l'enseignement par-là. Parfois, il me restait juste de quoi hésiter entre un yaourt, un ticket de métro ou du dentifrice. Puis, tout d'un coup, après avoir passé dix ans à frapper à toute sorte de portes, j'ai été embauché pour présenter puis produire l'émission « Continentales » sur France 3. Elle dressait un vaste panorama de l'actualité européenne et je prenais mon pied à la présenter tous les matins. L'émission était faite à Nancy. Je partageais donc ma vie entre là-bas, et Paris avec toi l'autre moitié de la semaine.

Tu me taquinais constamment, me disant que je devais ma carrière à la télévision à Saddam Hussein, ce qui n'était pas entièrement faux, car l'ancien raïs avait eu la bienveillance d'envahir le Koweït le deuxième jour où je présentais cette émission. Ses scuds ont considérablement augmenté l'audience et m'ont du coup assuré un travail relativement stable pour la première fois de ma vie, pendant cinq ans. Comme nous disons dans ma langue maternelle à moi : « Il est bien mauvais le vent qui n'apporte rien à personne. »

Tu ne me regardais pas régulièrement, les derniers bulletins de *Novosti* depuis Moscou avec sous-titres en français te laissant plutôt de glace à 8 heures du matin, mais lorsqu'on avait la chance de te compter parmi nos téléspectateurs, tu ne t'étais pas gêné d'envoyer des fax à France 3 Nancy pour commenter le choix des quelque deux cents cravates que j'avais accumulées. C'est le mot « gratinée » souligné en général trois fois qui figurait le plus souvent si mes souvenirs sont exacts.

Tu étais fier de moi en revanche lorsque j'ai parlé de nous au magazine *Elle*. Sauf quand tu as lu l'article et que tu t'es vu transformer en « petite amie d'Alex Taylor, sans laquelle le monde s'écroulerait... ! » J'avais pourtant bien précisé ton sexe à la journaliste. Le jour de la parution elle m'avait appelé pour dire qu'on lui avait demandé par deux fois si tu étais une fille ou un garçon, avant de changer ton sexe au tout dernier moment dans l'article à paraître. J'avais alors écrit une lettre à *Elle*, les remerciant pour l'article sympathique mais disant que, si l'on estimait que les lectrices de ce magazine n'étaient pas assez mûres pour comprendre que je pouvais avoir UN petit ami, il valait mieux ne rien mettre. Elles ont publié ma lettre la semaine d'après avec mille excuses, et elles t'ont envoyé un énorme bouquet de roses rouges. Mon « petit ami » était ravi.

Par contre ce n'était pas une émission d'actualités quotidienne de deux heures et demie qui allait nous empêcher de passer nos week-ends à voyager, histoire de voir le monde ensemble, et pourquoi pas commencer par Uccle, jolie bourgade dans la banlieue chic de Bruxelles où habitait l'un de tes meilleurs amis.

Tu n'avais plus un rond à cette époque. Tu attendais depuis des mois un chèque de 30 000 francs que tu avais réussi à négocier auprès du service santé d'Air Inter, somme reçue en dédommagement de tes problèmes de sinus, dus à ton travail dans les avions.

L'argent est enfin arrivé la veille de notre expédition outre-quiévrain.

Pendant notre séjour, le samedi matin, arrive un vendeur de kilims sans doute invité par l'un de tes amis. Il a passé une heure à t'en montrer des superbes que nous déployions ensemble par terre, faisant des photos dessus, toi et moi, les mains en position de prière sur la tête, comme si nous volions dans les airs. Pour rien au monde je n'aurais cru que tu allais en acheter ; mais si ! Pour une valeur globale de 28 000 francs !

Tu l'as fait pendant que j'étais sorti dans le jardin, histoire de papoter avec tes amis belges. Lorsque je suis revenu et que j'ai appris ton achat, je suis ressorti dans le jardin histoire de me demander si tu n'étais pas complètement taré. Puis, une demi-heure après, tu es venu, le plus naturellement du monde, me retrouver près du buste d'un vieux lion au fond du jardin. Tu étais un peu étonné que je ne sois plus avec les autres. « Qu'est-ce que tu fais là ? » Je t'ai répondu que j'avais besoin de réfléchir un peu, car cela faisait des mois qu'on attendait cet argent et que tu venais de tout claquer en une seule matinée. Et tu m'as fait une réponse qui m'a rappelé pourquoi tu étais depuis quelques années déjà l'homme de ma vie : « Oui, mais au moins nous avons de beaux tapis ! »

Nous avons quitté Uccle pour Porquerolles, où nous avons passé quelques automnes ensemble. Tes parents y avaient une maison et tu aimais me montrer les vieux pins parasols avec leur coupe dont tu disais qu'elle était « ventée ». Nous allions partout en vélo, le Kid courant devant, exaspéré parfois lorsque les pneus de nos vélos se coinçaient dans le sable. Nous passions des journées dans les criques de la Plage d'Argent, les soirs à regarder le soleil se coucher derrière les Gorges du Loup pendant que quelques bateaux solitaires quittaient définitivement le vieux continent pour le grand large. À la fin du jour, lorsqu'il commençait à faire un peu frisquet, nous montions dîner au Langoustier, avec comme seul repère le Fort de la Repentance qui jouait à cache-cache derrière les pampas.

Je sais tout ceci car j'ai toujours les vidéos. J'avais acheté une caméra. Stupidement, maladroitement, je passais une semaine à vous suivre partout, toi et ton chien. J'étais obsédé par le besoin impérieux d'avoir un jour un souvenir de toi. Je l'ai. J'ai regardé la cassette pour la première fois, dix ans après, avec ta sœur. Nous avons ri…

Nous avons vu aussi Amsterdam, où nous avions loué pendant plusieurs étés un house-boat sur le Prinsengracht. Nous sommes allés tous les deux déposer une rose sur le Homomonument. Cet énorme triangle en granit rose construit par la municipalité de la ville en 1970 commémore « toutes les personnes qui ont été discriminées en raison de leur sexualité, pour leur dire qu'elles ne sont pas seules ». Le soir nous mangions nos tartes aux pommes sur le toit du petit bateau, toi regardant sur le quai d'en face les jeunes Américains cherchant des *koffiehuis* qui croisaient des *leathermen* en route vers les boîtes hard du Warmoestraat que je contemplais, moi, de mon côté.

Nous passions des après-midi à manger des tartes aux pommes dans le café Zeezicht quelque part sur le Oude Voorburgwaal. Un jour un très beau jeune Néerlandais est venu nous draguer, nous expliquant notamment que le mot sourire en néerlandais ne ressemble à son équivalent dans aucune autre langue du monde, car les Hollandais estiment qu'un sourire est un rire silencieux, *een glimlach*. Le soir, en revanche, nous en avions tellement marre des moustiques bataves que nous nous sommes enroulés dans une vaste moustiquaire que tu avais achetée et qui nous a enfin permis de nous endormir, hilares, telles deux chrysalides, à l'abri des insectes et du monde.

Quand tu es sorti du cabinet du médecin après qu'il t'a prescrit de l'AZT, seule arme qu'ils avaient à l'époque contre le VIH, je t'ai invité à dîner le soir même, manger de la soupe thom kha khaï, dans ton restaurant thaï préféré. Je t'ai annoncé un peu trop solennellement à ton goût que, quoi qu'il en soit, j'étais là et que je n'allais pas repartir.

Et puis nous avons passé un dernier Noël ensemble, notre septième, éloigné de tout, à l'hôtel du Phare sur les Florida Quays. Tu voulais même y passer tout l'hiver, m'as-tu dit. Tu t'y plaisais dans le climat chaud, qui te rappelait l'époque où tu vivais dans les îles. J'ai toujours une photo de toi, tout en couleurs, avec un énorme perroquet sur ton épaule. Vous vous regardez tous les deux, d'un air à la fois méfiant et perplexe. C'est la dernière photo que j'ai de toi où tu te ressembles…

Je devais en revanche repartir pour le travail. Tu m'avais l'air tout à coup très maigre. Deux mois d'absence, c'est long dans la vie de quelqu'un qui diminue de jour en jour. Je t'ai quitté au bout de quatre semaines, et là, le mot « répétition » m'est venu à l'esprit, dans un petit bimoteur à huit places qui rejoignait Miami International. C'était le début d'une longue épopée qui allait finir de manière incongrue dans le froid de Nancy, vingt-quatre heures après. Un jour, sans doute pas si lointain, ce sera au revoir pour de bon et peut-être pas dans le décor aussi serein du golfe du Mexique.

Quand tu es revenu, tu as insisté pour que je vienne enfin avec toi dans l'une de tes fameuses réunions A.A., histoire de voir ce que c'était. Je ne savais pas que la réunion t'était pour une fois consacrée. Je me suis assis un peu étonné de voir plus d'une centaine de personnes, dans une grande salle, prêtée par l'Église américaine. Il n'y avait pas beaucoup de chaises, certains étaient assis par terre, et s'amusaient à jeter une bouteille en plastique au Kid.

L'un après l'autre, ces ex *addicts* prenaient la parole et disaient à quel point tu avais été un modèle pour eux. Je me souviens d'une jeune fille, avec de longs cheveux roux, avec de grosses bagues aux doigts. « Tu étais tellement beau et souriant, quand je suis arrivée, je me suis dit, si lui, il a eu des problèmes et qu'il les a surmontés, moi aussi je peux m'en sortir. Tu m'as toujours prise au téléphone, tu es un peu taré, même totalement, mais je suis venue ici pour te dire merci. »

Et c'est là dans cette salle bondée, parmi ces gens que je connais, quelques-uns très bien, mais beaucoup d'autres à peine ou même pas du tout, qui prennent l'un après l'autre la parole, que j'ai réalisé pour la première fois, moi qui suis à tes côtés depuis sept ans, à quel point tu as pu aider les autres en donnant un sens à ta vie.

Petit à petit tu as compris doucement que tu partais. Tu commençais même très méthodiquement à disperser ta vie autour de toi. Cela a commencé avec ton chien que tu as donné « quelques semaines » à tes parents en Sologne. Tu as renoncé à l'idée qu'on s'achète un jour une maison de campagne : « Trop d'emmerdements » m'as-tu dit, en singeant la vieille dame noire des Îles.

Puis tout d'un coup nous avons eu des visions nocturnes d'horreur. Je t'ai vu un samedi soir vers 3 heures du matin arrondir tes poignets pour ensuite les frotter dans tes joues creuses, les yeux grands ouverts, sans réaliser que cela faisait deux minutes que je te regardais. On ne dormait plus ensemble, car tu me disais que je te faisais trop transpirer. Je couchais sur le sofa, séparé par la perfusion à côté du lit. Et puis le lendemain tu es redevenu toi-même. Voyant que je courais dans l'appartement sans m'habiller, tu m'as lancé comme tu en avais l'habitude : « Ne te promène donc pas toute nue ! »

Nous passions d'un jour à l'autre, nous agrippant au moindre signe d'espoir. Des ponctions lombaires, des résultats des différentes ologies défaillantes. Un jour on est soulagé, eh oui, car je ne sais quelle rectoscopie découvre que tu as peut-être un simple cytomégalovirus. À cette époque, dans ce monde crépusculaire, le cytomégalovirus était devenu un grand espoir auquel l'on s'accrochait. Car avec le cytomégalovirus, il y avait au moins la possibilité de guérir.

Pendant tout ce temps tu as réussi à vaincre tes différentes addictions antérieures mais la petitesse de cette maladie a voulu que tu deviennes de plus en plus dépendant de la morphine, la seule chose qui vraiment te soulageait de la douleur dont tu avais une peur bleue. Nous avions fait je ne sais combien de plans foireux pour t'en trouver. Il a fallu un soir que j'aille en acheter auprès d'un dealer à Pigalle, tellement tu me suppliais de le faire. Tu te l'injectais, puis tu m'as montré comment il fallait faire, et tu m'as fait jurer de dire aux médecins, si jamais tu souffrais trop, qu'ils ne te réveillent pas.

Les shots de morphine provoquaient des sautes d'humeur et tout pouvait changer d'un instant à l'autre. Un jour par exemple nous riions en regardant des photos de l'époque du moulin, puis j'ai dit je ne sais plus quoi et tu m'as dit que j'étais méchant, et là égoïstement, j'ai craqué et je t'ai renvoyé à la gueule le fait que je n'y étais pour rien dans ta p... de maladie, que ce n'était pas de ma faute si tu l'avais attrapée, et qu'il y avait beaucoup d'autres personnes qui devaient y faire face toutes seules. Je m'en foutais d'organiser ma vie entière en fonction de toi, mais me traiter de méchant ! C'était le comble, criai-je avant de claquer la porte et de prendre un taxi pour Orly, direction Strasbourg et Arte, où je venais d'être embauché. Mais déjà dans l'avenue du Roule, je changeais d'avis, m'engueulais avec le chauffeur qui m'avait lancé « Ah non monsieur, je suis hors réseau maintenant », lui jetais un billet de cent francs à la gueule et courais vers l'appartement pour te serrer dans mes bras plus fort que jamais.

Tu as même trouvé la force, je ne sais où, de prendre l'avion et de m'accompagner une journée à Strasbourg pour voir la nouvelle émission que je faisais. On ne savait pas que tu n'avais qu'une semaine à vivre encore. Tu portais déjà le masque de la mort. Les personnes avec lesquelles je travaillais à Nancy t'avaient rencontré quelques années auparavant, et comme c'était une équipe largement féminine elles étaient toutes restées époustouflées devant ta beauté.

Je voulais éviter qu'elles te voient et qu'il se produise le genre de scène où, pendant une seconde interminable, tout le monde reprend son souffle en voyant ce que la maladie a fait de ton visage. Hélas, ce moment est arrivé : une trentaine de personnes sont sorties toutes ensemble du studio juste au moment où tu passais devant...

Je serai reconnaissant jusqu'à la fin de mes jours à ma coprésentatrice, superbe mélange de Marlene Dietrich et de Marilyn Monroe. La voilà qui se précipite sur toi de façon totalement exubérante, en proclamant devant l'assistance à quel point elle est ravie de faire ta connaissance. Elle t'en a presque étouffé, frêle comme tu étais, de ses extravagantes étreintes teutonnes, mais elle a complètement sauvé la situation. Tu ne le sais pas mais je lui ai glissé à l'oreille après cette scène que, même si je ne la connaissais que depuis quelques semaines, elle pourrait être mon amie à vie si elle voulait. C'est fait.

Puis la fin est arrivée, un mardi. Des gens aussi magnifiques que toi ne doivent pas mourir en milieu de semaine. Tu as été hospitalisé d'urgence à la Salpêtrière, car tout d'un coup tu avais beaucoup de mal à respirer, et tes lèvres étaient plutôt bleues. On a emmené dans une ambulance le fantôme hagard de l'homme que j'avais rencontré au Trap, assis maladroitement dans son fauteuil roulant.

L'une de tes sœurs est venue, et avec toi nous avons attendu un instant parqués dans un couloir, avec comme seule présence une patiente qui chantait Milord sur son brancard à l'autre bout du couloir. « On tombe toujours sur des tarés ! » disais-tu, entre deux respirations difficiles.

On t'a emmené dans le bureau du docteur. Elle avait du mal à croire que tu avalais, chaque jour, toutes ces pilules et tous ces médicaments, méticuleusement, heure après heure. Comme elle a constaté que tu allais de plus en plus mal, elle a appelé deux infirmiers qui t'ont attaché des tuyaux dans le nez et nous avons suivi le cortège jusqu'à la salle de réanimation. Puis la situation a encore empiré et tu as dû te battre pour le plus pur et simple droit de l'être humain, celui de respirer l'air dont tu avais besoin pour vivre.

Deux ou trois fois, je t'ai souri et je t'ai fait quelques pathétiques et risibles bisous dans l'air, depuis mon monde au tien, là sur ton lit, et une ou deux fois tu me les as renvoyés. Je t'ai embrassé le front, te disant que je t'aimais. Avec ta sœur, on te tenait constamment la main.

Ton râle est devenu tout d'un coup plus fort et tu as commencé à t'étouffer. Je me suis précipité pour chercher l'infirmière, je suis revenu et j'ai regardé ta sœur. Sur l'écran verdâtre, la ligne avec des pics est devenue petit à petit une ligne plate. Un médecin tout habillé en blanc est venu et nous a dit de quitter les lieux. Je t'ai pris ta main. Tu nous as regardés, elle, puis moi, et tu as fermé tes yeux.

Chopin

Quatre cents personnes dans une église de Neuilly. Son cercueil est recouvert de roses jaunes. Je me mets au premier rang, à gauche, loin du centre, histoire de ne pas embarrasser la famille, assez bourgeoise. C'est son frère qui vient juste avant la messe me dire que ma place est au centre, à côté de sa mère.

Le prêtre dit à un moment, je ne me souviens pas exactement quand, « son ami Alex voudrait lire un poème ». J'y vais et je me sens un peu mal à l'aise en lisant la prière de la Sérénité devant ce parterre mélangé des AA et de NA, de ses autres amis et des nombreuses connaissances de sa famille dans ce quartier huppé de Neuilly. Je sais en revanche que c'est le texte qu'il aurait voulu, et je pense qu'il aurait été content que ce soit moi qui le lise.

Lorsque la messe est terminée il faut passer devant le corps avec le goupillon. Je ne suis pas catholique. C'est bien la première fois qu'on me tend un objet pareil. Son frère est le premier à s'en servir et, tout de suite après, il me le passe devant quelque quatre cents personnes. Je n'étais pas préparé du tout à ceci et j'en ai conclu qu'il s'agissait d'arroser le corps d'un maximum d'eau bénite. J'ai plongé donc l'outil dans le réceptacle et je me suis mis à l'asperger, aussi énergiquement que possible, et ceci pendant un petit moment… si bien que l'une de ses meilleures amies, témoin de la scène depuis le fond de l'église, m'a confié par la suite : « Quand j'ai vu cela, je me suis dit : "Ça y est ! le père Alex a disjoncté…" »

J'ai été l'un des porteurs de son cercueil et nous sommes tous allés au Père Lachaise où nous l'avons installé dans le caveau familial. Il faisait très beau ce jour-là, ni trop chaud, ni trop froid…

Et c'est ainsi, juste après, que l'on retourne seul dans les appartements et dans les chambres de ceux qu'on a vraiment aimés.

Pendant quelques jours j'ai dormi chez lui, et je me suis régalé de l'instant où j'allais ouvrir la porte et renifler son odeur, odeur qui régnait toujours – un peu – dans les lieux.

J'étais dans sa chambre, dans son appartement et je regardais les photos de nous et de son chien au Moulin, une époque qui semble presque surexposée dans ma mémoire et sur le papier brillant des clichés, tant les pommiers du jardin étaient d'un rose exubérant et l'herbe d'un vert apoplectique…

Je suis tombé aussi sur une image figée avec le Kid qui se lance vers l'objectif, tous ses poils fixés frénétiquement dans un feu d'artifice, lui et moi gesticulant, hystériques, derrière…

Puis sur un petit mot que j'ai dû lui envoyer je ne sais plus pourquoi, peut-être après une dispute, mais où je disais que notre amour : « c'est comme une nocturne de Chopin, dont toutes les notes sont loin d'être parfaites, mais qui devient sublime à cause de celui qui l'écoute... »

Gérard

Le deuil est aussi personnel que les fantasmes sexuels. Il y a plusieurs façons de gérer la mort de quelqu'un de proche.

Trois jours après le décès, j'étais au téléphone avec l'un des meilleurs amis de mon copain, Gérard, que je voyais une ou deux fois par semaine depuis sept ans, puis tous les jours pendant les six mois précédant le décès. Jamais je n'avais ressenti le moindre désir sensuel à son égard. En lui parlant de ce que nous avions vécu, et de ce que nous ressentions, je remarquai que je bandais comme un fou. J'en fus le premier étonné. Je commençais à ressentir le besoin presque oppressant d'être proche de lui.

Sans lui dire pourquoi je venais, je sautai dans le premier taxi pour arriver plus vite chez lui. Une fois franchi cette porte qu'il m'avait déjà ouverte des centaines de fois, je lui ai sauté dessus dans un épanchement de tendresse, de volupté, de lubricité et de désespoir, un véritable flot de sentiments inextricables qu'il m'a gentiment rendu sans trop comprendre ce qui se passait. Nous nous sommes revus des dizaines de fois depuis, sans que cela se reproduise, sans jamais en parler même.

Depuis vingt ans, nous, hommes gays, avons eu à gérer d'innombrables décès d'êtres proches, que ce soient nos petits amis, nos meilleurs amis, nos bons amis ou tout simplement nos connaissances. De la même façon qu'on ne nous a jamais appris à être gays, on ne nous a jamais appris non plus à porter et à accepter le deuil. C'est pourtant devenu le lot de beaucoup d'entre nous, et cela arrive souvent à un âge où l'on devrait plutôt être en train de s'épanouir dans la vie. Il faut apprendre sur le tas. Il faut gérer ses sentiments dans une société qui jusqu'à très récemment manquait largement de compréhension, de structures ou de modèles face à ces drames individuels. C'est déjà difficile d'être veuf à trente-cinq ans, mais c'est d'autant plus difficile lorsque les gens autour de soi ne conçoivent pas ce que l'on est en train de vivre.

J'ai été très étonné par la sympathie que certains ont témoignée à mon égard dans les endroits où je l'attendais le moins. De petits gestes m'ont énormément ému. Je pense à celui d'une bouchère de Neuilly qui m'avait toujours vu en compagnie de mon ami, mais dont la conversation pendant sept ans s'était strictement limitée aux ingrédients, étonnamment variables, de la farce de ses tomates et de ses choux. À l'église elle a pris la peine de venir me trouver et de me serrer la main pour la première fois, avant de me confier : « Il était très beau, votre ami. »

Le contraire est également vrai, là encore dans les endroits où je m'y attendais le moins. Même si quelques personnes avec lesquelles je travaillais à l'époque m'ont témoigné une réelle sympathie, et que tout le monde était au courant de ce que je vivais, je ne pourrai jamais oublier le petit mot administratif que j'ai reçu de cette chaîne culturelle bilingue qui m'employait à l'époque, me reprochant, une semaine après l'enterrement, une absence « injustifiée » de cinq jours et me sommant de produire des justificatifs expliquant mon « refus de me rendre sur le lieu de travail ». On imagine assez mal l'équivalent dans le monde hétérosexuel.

Si je fais le vide dans mon esprit aujourd'hui, bien des années après, afin qu'une image surgisse qui résume symboliquement ce que la mort d'un être aussi proche a pu déclencher, celle qui s'impose spontanément à moi est curieuse. Je vois un grand forgeron qui donne un énorme et violent coup de marteau dans un grand bloc de fer. Différents morceaux sont projetés dans tous les sens. Il en était ainsi avec ma vie affective, ma vie amoureuse, ma vie sexuelle, mes fantasmes, mes inhibitions. Tout d'un coup tout semblait séparé, fracturé, éclaté...

Je fuyais la tendresse comme la peste. En revanche, je ressentais des envies pures et dures de plus en plus fortes de baiser, les nuits où je n'arrachais pas les draps autour de mon corps dans un geste de colère et de désarroi. Parfois les deux sentiments se mêlaient...

Contrairement à la nature, la perversité adore le vide. C'est ainsi que les fantasmes largement étouffés par l'interlude amoureux de ces dernières années ne tardèrent pas à refaire surface. Cela me paraissait une réponse tout à fait adéquate à la situation. C'était le moment parfait pour réaliser enfin mes fantasmes encore inassouvis dans un univers totalement dénué d'apartés sentimentalo-affectifs.

Le meilleur endroit pour gérer ce magma incontrôlable de désirs qui faisait éruption en moi s'imposa comme une évidence. Il s'agissait d'affronter, de déshabiller, d'embrasser, d'étreindre et de copuler même avec tous les démons accroupis jusque-là dans les backrooms de ma psyché profonde. Il fallait quitter quelque temps la capitale française, trop associée dans ma tête à l'amour et à sa perte, pour regagner celle du pays qui avait après tout nourri tous ces spectres. Il était enfin temps que l'apprenti pervers devienne un perverti tout court.

Tom et David

Dès mon retour à Londres, je me suis précipité dans la nouvelle boîte fétichiste de la capitale, Backstreet. C'était une première pour Londres : un établissement spécialisé dans le cuir et le SM. Backstreet signifie plus ou moins « impasse ». En plus, cette boîte se situait dans un quartier de Londres qui porte le nom de Mile End, qui laisse sous-entendre qu'on a plus ou moins atteint « la fin de la route ».

Backstreet imposait dès le départ un dress-code très strict. Les consignes vestimentaires étaient stipulées dès l'accueil, jusqu'à aujourd'hui d'ailleurs. Impossible d'entrer dans Backstreet si l'on n'est pas habillé de la tête aux pieds en cuir ou en latex. Pour se faire une idée supplémentaire du côté sympathique du lieu, il faut savoir que l'entrée est gratuite le vendredi soir pour toute personne dont le visage est entièrement couvert d'une cagoule, de préférence avec fermeture Éclair sur la bouche. Le ton est donné très clairement par une affiche sur la porte où l'on a marqué et souligné à la craie blanche : *« No poncy perfumes »*, « pas de parfums de pétasse ! »

Au plafond sont suspendues une centaine de paires de bottes noires. Les clients les plus grands, surtout ceux qui portent des casquettes en pointe, doivent continuellement songer à les éviter sous peine de déclencher une sorte de carillon de cuir et de caoutchouc. Les murs, noirs, sont éclairés, il va sans dire, par des lumières rougeâtres. Seul élément de décor : une dizaine d'énormes tonneaux pour poser les verres et les bouteilles. Une fois dedans les clients, du moins ceux qui ne se promènent pas avec un bandeau sur les yeux, aperçoivent sur une autre affiche au-dessus du bar l'inscription : « Après 3 heures du matin, personne n'est laid ! »

Dès son ouverture, Backstreet est devenu, pour reprendre deux termes chers à notre délicieuse presse tabloïde d'outre-Manche, un endroit où « l'intimité a lieu », entre les amateurs du « *kinky sex* », terme assez croustillant pour englober toutes sortes de pratiques illicites. Jusqu'en 2005 tout acte d'ordre sexuel en public entre deux hommes tombait en Grande-Bretagne sous le coup de la loi sur l'offense à la moralité et pouvait conduire à un séjour en prison. On ne savait jamais si les policiers n'allaient pas débarquer d'un instant à l'autre, et cette incertitude était entretenue par le fait que certains fétichistes de l'uniforme, membres de Backstreet, venaient parfois habillés dans les tenues de la *Royal Constabulary*. Cette menace ne faisait qu'ajouter du piment à certaines de nos activités, lesquelles sans ce côté interdit auraient perdu de leur charme.

Le propriétaire, John, avocat dans la journée et maître ès perversités le week-end, faisait régulièrement la ronde entre les tonneaux, afin de s'assurer que les touches entre les membres de son club restaient purement visuelles. Telle une institutrice un peu revêche vilipendant ses élèves, il sommait les indisciplinés trop dévêtus de se reboutonner immédiatement : « *Put it away !* », « Rangez-moi cela tout de suite ! ». Il savait aussi bien que nous, dès qu'il nous tournait le dos pour aller encaisser les nouvelles entrées à l'accueil, que l'activité parmi les tonneaux reprenait de plus belle. En cas de réelle descente de la police, ce qui arrivait une fois tous les deux mois, John lançait pendant quelques secondes des flashs rapides à l'aide de l'éclairage au néon, ce qui servait d'alerte aux enthousiastes risquant d'être surpris *in flagrante délicto*.

Pour ajouter aux charmes des boîtes cuir londoniennes dans les années 1990, un tueur en série rôdait dans le milieu gay. Celui-ci avait comme spécialité de ligoter ses victimes, draguées dans les boîtes de rencontre, avant de les poignarder ou de les asphyxier au cours de leurs séances SM. Pendant quelques mois chaque fois que l'on quittait tel ou tel club en compagnie d'un nouveau partenaire l'on se faisait prendre en polaroïd, au cas « très peu probable » comme ils disent dans les avions, où l'on serait retrouvé assassiné quelque part dans Londres le lendemain matin. Ceci ne manquait pas non plus, hélas, d'ajouter du piment à bon nombre de nos rencontres.

Parmi de multiples rencontres faites à ce moment-là, je me souviens particulièrement de celle avec Tom et David à Backstreet. L'un était professeur de Mathématiques appliquées à l'université de Londres, l'autre pompier de la municipalité de Hackney. Ils vivaient en couple depuis une dizaine d'années et ils étaient ce que la presse tabloïde avait l'habitude d'appeler des « *rubber enthusiasts* », les enthousiastes du latex. C'est ainsi qu'ils étaient habillés lorsque je les ai repérés de loin au bar.

Cette matière si lisse et si luisante rend, de par la sudation excessive qu'elle provoque, très sensuel tout contact direct avec la peau. Tom avait une chemise et un pantalon noirs, avec masque à gaz attaché à la hanche. David était plus seyant encore dans son tablier de latex épais, fesses nues derrière, ses grandes bottes noires style équitation lui remontant jusqu'en haut des cuisses. Ses bras étaient presque entièrement recouverts par une paire de longs gants noirs style chirurgien spécialisé, qui lui remontaient jusque sous les aisselles.

Le couple avait mis au point une sorte de drague parfaitement chorégraphiée et basée sur les « *pincer movements* » les mouvements *à la pincette* perfectionnés par l'armée britannique. Elle consistait en une suite de petites manœuvres d'encerclement autour de leur cible, qu'ils coinçaient ensuite dans une avancée définitive derrière l'un des tonneaux. J'ai été l'une de leurs victimes plus que consentante, car ils étaient, l'un et l'autre, aussi sympathiques que moustachus. Ils n'ont pas eu énormément de mal à me persuader de les suivre chez eux pour qu'on puisse procéder à un trip à trois, mon premier, à la *golden shower*, à la douche dorée.

Une fois arrivés à la maison, la bière coulait à flots. Tom et David me montrèrent l'armoire où était stockée leur abondante panoplie de latex, m'encourageant fortement à en mettre moi aussi. Jusque-là je n'avais jamais ressenti le besoin de me recouvrir de caoutchouc, préférant le cuir avec son côté plus brut, plus animal, plus naturel, pensais-je. Le latex nécessitait en plus tout un schpountz pour le revêtir. Lorsqu'on est un tant soit peu poilu, comme c'est mon cas, il est loin d'être facile de rentrer son corps et surtout ses parties hirsutes dans ces vêtements ô combien serrés, sans se prendre les poils dans les plis et les enroulements de cette matière collante, surtout paradoxalement lorsqu'elle est sèche. Tom et David m'ont fourni la réponse à ce problème, surgi miraculeusement du fond de nos ablutions enfantines et que je recommande à tout débutant en la matière : du talc !

Je m'étais abondamment pomponné. Nos deux moustachus se mirent ensuite de chaque côté de moi et dans un nouveau mouvement coordonné enroulèrent, de haut en bas, le tee-shirt en latex autour de mon torse. Une fois le haut de mon corps recouvert, il fallait gainer le bas. Les voilà qui m'aident donc à placer mes pieds, l'un après l'autre, dans un pantalon étroit qu'ils tirent ensuite très fortement vers le haut de façon à ce qu'il épouse étroitement le moindre galbe de mon anatomie. Tom me spraya ensuite abondamment avec un gel à la silicone, un liquide blanchâtre un peu comme du lait, pendant que son ami s'affairait méticuleusement à faire reluire le tout avec un vieux torchon. Fiers de leur travail, les deux partenaires me conduisirent ensuite dans la salle de bains pour le début des festivités.

Ils n'avaient hélas qu'un petit cabinet de douche, dans laquelle, avec la meilleure volonté du monde, trois grands messieurs, même en latex et visiblement désireux de « mieux faire connaissance » n'allaient pas pouvoir rentrer. Aucune baignoire non plus. Afin de pratiquer leurs jeux préférés, ils s'étaient procuré une petite piscine gonflable, avec plein de motifs de Mickey dessus. En effet il n'est pas facile de trouver dans les grandes surfaces des modèles de piscine gonflable davantage dans le ton. Nous avons fait avec, car une fois debout et dedans, Tom et David ne tardèrent pas à réclamer de l'action !

Parmi les nombreux produits stockés généralement dans les placards des salles de bains anglaises il n'y a plus, du moins depuis le *Blitz*, de masques à gaz. Ceux de David et Tom constituaient une importante exception. Ils en avaient au moins une quinzaine. Ils étaient soigneusement rangés sur trois étagères, comme un échantillonnage de crânes lugubres nous contemplant tristement depuis la pénombre de leur sombre caveau. Tom en choisit un, tout noir, le plaça, en l'étirant assez brutalement sur le crâne de son ami, avant de visser un long tuyau en caoutchouc sur l'orifice nasal de l'ensemble. David resta immobile, dans l'expectative. Face à mon inertie, Tom me fit ensuite un geste des plus cordiaux m'invitant à uriner directement dans le tuyau...

Mes lecteurs masculins seront plus compréhensifs vis-à-vis de mon dilemme. La pire des choses que l'on puisse faire est d'exiger d'un homme qu'il urine à votre guise. J'ai beau essayer, le précieux liquide jaunâtre ne voulait pas venir, ceci en dépit des vifs encouragements de Tom, appuyés par ceux plus sourds mais plus frénétiques encore depuis l'intérieur de son masque, de David.

Un peu exaspéré et soucieux que son ami n'étouffe pas dans sa conque, Tom me montra l'exemple, faisant couler le jus tant désiré dans l'opercule. On perçut ensuite le son de quelques clapotis depuis l'intérieur du masque, avant que l'urine ne déborde de tous les côtés. Tom, visiblement expert en la matière, ouvrit ensuite une bouteille de poppers et, après en avoir sniffé lui-même, referma la bouteille avec ses doigts autour du tuyau, de façon à ce que David en profite également. Une nouvelle fournée d'urine fut précipitée vers le receveur, qui but tout ceci comme du petit-lait. Quelques secondes plus tard, il arracha le masque et en se secouant la tête hurla par trois fois « Génial ! »

C'est évidemment là que j'eus tout d'un coup une envie soudaine de pisser moi aussi. Tom et David me proposèrent de le faire directement dans mon pantalon de latex, puis partout sur leurs corps, pendant qu'ils m'embrassaient tous les deux. C'est pour moi l'autorisation de briser un ultime tabou.

On n'a pas le droit de pisser en public. C'est un acte privé. Solitaire. Honteux. C'est pourtant l'une des choses les plus naturelles que nous faisons. Que tout d'un coup je puisse me lâcher et sentir ce liquide doux et chaud couler librement à l'intérieur de mon pantalon, d'abord autour de mes testicules, inondant ensuite les poils de mes jambes, puis ruisselant dans un grand torrent inépuisable et tiède jusqu'à mes pieds me procura un sentiment totalement inattendu de béatitude et de bien-être, comme si j'avais recouvert le droit d'être à nouveau un petit garçon, totalement naïf et innocent devant les interdits d'une société malsaine de par ses contraintes contre nature.

Je dirigeais ensuite le flot vers Tom et David, lesquels s'agenouillèrent immédiatement à la hauteur de la source précieuse, face au jet qu'ils utilisaient alternativement pour boire et s'asperger le visage puis le corps l'un de l'autre. L'acte s'est soldé par l'offre d'une ultime pelle, très intense, à trois, que j'hésite une seconde à accepter, avant de me rappeler assez bizarrement un reportage que j'avais entendu quelques semaines auparavant à la BBC sur le fait que l'urine des moutons écossais était totalement stérile, et que l'on s'en servait même pour faire macérer la laine des vestes tweed pour les rendre plus résistantes. La journaliste avait recommandé son application immédiate sur n'importe quelle blessure de la peau afin d'y tuer toute culture bactérienne. Avec ces images inattendues en tête, je ne me retins plus et je les embrassais sauvagement pendant un long moment, léchant goulûment leurs parties moustachues.

Je suis resté la nuit avec eux, dormant dans le même lit. Ce qui m'a totalement surpris, c'est qu'ils se sont réveillés au petit matin pour faire l'amour, l'un avec l'autre. Ils l'ont fait de la façon la plus intense possible, se regardant les yeux dans les yeux, criant leur passion l'un pour l'autre. À aucun moment ils ont tenu compte de ma présence à leurs côtés. Étais-je un spectateur privilégié ? Le catalyseur de leur passion ? Se fichaient-ils de ma présence ? Je l'ignore. Le souvenir qui m'en reste, en tout cas, demeure mon total étonnement, lequel s'est rapidement mué en émerveillement de voir que deux hommes, ensemble depuis si longtemps, après avoir assouvi des fantasmes totalement excentriques, pouvaient ensuite exprimer une infinie tendresse dans un acte d'amour presque violent ensemble.

À la suite de cette expérience révélatrice, j'ai traversé une phase « latex » qui dura quelques années. Pas un vendredi soir ne se passa sans que je me pomponne de talc avant de m'enrouler dans diverses tenues des plus bizarres. Le pantalon latex a d'ailleurs d'autres utilisations. Je rentrais une fois de Backstreet avec je ne sais quel fétichiste des sacs de couchage en caoutchouc. Nous transpirions tous les deux comme des malades dans sa voiture puisqu'il devait faire au moins 25°. Au moment où je m'apprête à en descendre, je fais un mouvement un peu brutal avec ma jambe droite. J'entends un petit bruit sec. Je n'y pense plus.

C'est seulement quelques heures après, lorsque j'enlève mes accoutrements et que je m'apprête à les jeter dans l'eau savonneuse de la baignoire, que je vois que le latex m'a épilé l'intégralité de la cuisse avant droite. Je ne saurais que trop recommander cette méthode car, contrairement à toutes les autres que j'ai expérimentées, notamment sur le torse, je n'ai strictement rien senti. En plus le résultat en était des plus probants. Les poils ont seulement commencé à repousser quelques semaines après. Kathy Boyle aurait été fière de moi.

Backstreet se situe dans un coin de Londres fréquenté à l'époque par des loubards et les derniers vrais durs à cuire du East End londonien. C'est le genre d'endroit où, passé onze heures du soir, les taxis de la ville refusent de prendre des clients. Du coup pour rentrer chez soi, il fallait faire appel à l'une des sociétés de mini-cabs que John, le propriétaire, se faisait un plaisir d'appeler, touchant sans doute une commission assez importante sur la livraison, clé en main, de sa clientèle pas toujours dans un état ni dans des tenues très recommandables.

Un soir je sortais de la boîte à 3 heures du matin, après avoir commandé mon mini-cab. Dans l'air froid, j'attendais un peu avant de m'avancer vers le Ford Estate qui venait d'arriver devant la porte du club. J'étais sur le point d'ouvrir la portière lorsque j'entendis un hurlement hystérique : « Mais ça va pas la tête ! » Je me retournais et je vis un grand énergumène en cuir sortant de Backstreet, accompagné d'un homme habillé tout en blanc, de la tête aux pieds, que curieusement, je n'avais jamais remarqué dans la boite.

« Tu ne vois pas que c'est à moi ce taxi, je l'ai commandé avant toi, *you fucking git !* » Dans un premier temps je fus abasourdi. Puis, désireux de me mettre au chaud, je décidais de ne pas me laisser faire car le mini-cab suivant allait mettre sans doute au moins un quart d'heure avant d'arriver. « Je pense que c'est à moi », lui dis-je, ce qui provoqua un nouvel enchaînement d'explétifs encore plus verts de son côté.

Pour dénouer la situation je ne vis rien d'autre à faire qu'aller demander son avis au chauffeur. Je contournais sa voiture par le devant. Il s'agissait d'un jeune homme, la vingtaine, qui regardait tout droit devant lui. Je tapais contre la vitre de son côté et lui demandais la destination pour laquelle il était venu. Il refusa de me regarder et fixa le volant. Cela me semblait d'abord pas très commercial comme attitude, puis plutôt bizarre…

Je demandais à nouveau, et tout d'un coup – c'est à peine si j'eus le temps d'enlever ma main du pare-brise – il démarra sa voiture au quart de tour, fit marche arrière dans l'impasse, et avec un bruit de moteur très strident, le temps de quelques secondes, arriva au bout de la petite ruelle avant de tourner à gauche et de reprendre la rue principale…

Un peu étonné et surtout un peu trop défait pour comprendre ce qui venait de se passer, je regardais l'énergumène aussi perplexe que moi. Quelques instants après, nos deux taxis arrivèrent…

J'ai appris une semaine plus tard que deux mois auparavant un habitué de Backstreet avait été enlevé par des inconnus avant d'être tabassé à mort par des skinheads d'extrême droite dans un appartement vide de Hackney. Ni moi ni l'énergumène n'avions conscience du danger ce soir-là. Nous nous étions contentés de hausser simplement les épaules et de monter dans nos voitures respectives, sans nous dire au revoir. L'homme en blanc était reparti de son côté, à pied, tout seul dans la nuit brumeuse de Mile End…

Toi

Je veux un signe de toi. Je dors avec une grosse peluche idiote que tu aimais, que je n'aimais pas, mais que je câline le soir tout simplement parce qu'elle était à toi. Un matin je me réveille en sursautant à cause de l'électricité statique que j'ai dû fabriquer en me serrant et me frottant désespérément contre cette ânerie. Tu aurais été mort de rire. Le rideau bouge, est-ce un signe de toi ? Enfin un ? Si oui je veux un signe nettement plus fort !

Je l'ai eu, neuf mois après ta mort, le jour de ton anniversaire.

Quelques semaines avant de mourir, pour mon anniversaire justement, tu m'avais offert une montre bleue. Cette montre n'a jamais fait le moindre bruit. Elle est tellement compliquée que je n'avais même pas songé à en manipuler les multiples boutons. Cela t'aurait agacé encore davantage car tu n'étais pas très gadget. Pourtant, le jour de ton anniversaire, cette merveilleuse montre japonaise s'est mise, Dieu sait pourquoi, à proposer un concert incongru de beeps que j'ai eu du mal à arrêter.

C'est idiot, mais j'en ai été fou de joie...

Gary

Pendant quelques années ma vie s'était partagée entre d'un côté les virées londoniennes le week-end et de l'autre ma carrière de journaliste à Paris où je présentais notamment la revue de presse européenne sur France Inter. Les week-ends dans mon pays natal me permettaient ainsi de retrouver non seulement un terrain d'exploration pour mes pratiques perverses, mais alimentaient en quelque sorte un retour à la vie normale en France.

Ainsi le matin, en costume cravate derrière mon micro du studio 135, je dévoilais au Premier ministre français le contenu des éditoriaux souvent très remontés du *Frankfurter Allgemeine Zeitung*. Le soir, derrière mes tonneaux, je dévoilais le contenu, non moins chaud, de différentes tenues fétichistes à un public tout aussi attentif. L'Eurostar me précipitait d'un univers à l'autre. Comme disait la légende du journal britannique du dimanche, *The News of The World*, dont les premiers numéros commençaient déjà à se vendre sur le pont de Vauxhall à l'heure où j'émergeais d'innombrables orgies cuir : « *All Human Life is Here*. »

Je louais un appartement dans le quartier de Londres qui s'appelle The Angel, l'Ange d'Islington. C'était un *basement flat*, une spécialité anglaise qui signifie que l'on se trouve en dessous du niveau du trottoir. Il y a ainsi toute une partie de la population britannique qui ne voit de ses compatriotes qu'un incessant mais fascinant défilé de pieds...

Je passais de longs moments, durant mes heures creuses, à essayer de reconstituer les personnalités d'après ces seuls éléments qui m'étaient donnés à voir. J'en étais même à reconnaître certaines paires qui faisaient des apparitions régulières et je leur attribuais dans ma tête des prénoms tels que Bill ou Vera. Je me souviens de la réaction d'un ami anglais à qui j'avais raconté ce passe-temps avec force détails et qui s'était contenté d'utiliser cette expression anglaise sublimement dédaigneuse : « *You need to get out more !* »...

Les ablutions quotidiennes constituaient une autre source de divertissement. Pour avoir de l'eau chaude, il fallait taper à l'aide d'un marteau contre un tuyau dans la salle de bains. Lorsqu'elle jaillissait, en général tiède, du pommeau de douche, la projection de cette eau, en raison d'une panoplie de fuites et de mauvais joints dans les cordons, avait au moins le mérite d'assurer le nettoyage quotidien et en profondeur de la délicieuse moquette mauve, à défaut de celui du locataire.

Ce coloris n'avait pas en revanche été retenu dans le salon où l'accent était mis sur l'orange et le marron dans un décor typiquement années 1970, et lequel, ma foi, aurait été assez harmonieux si l'on n'avait pas ajouté au milieu de la pièce un canapé vert pomme. Autre curiosité : le plancher du living n'était pas tout à fait horizontal, fait dont je me suis rendu compte un soir lorsque je servais de la soupe de carottes à quelques invités gay un peu survoltés, subitement alarmés par le positionnement non horizontal de leurs potages.

L'appartement appartenait aux Wilkington, un docteur de philologie à la retraite et son épouse et ils habitaient directement au-dessus. Mrs Wilkington était une férue des opéras de Wagner. Elle affectionnait particulièrement les rôles féminins, et n'était pas réticente à partager avec le voisinage ses interprétations des rôles principaux, interprétations dont le plus charitable serait de dire qu'elles étaient peu orthodoxes. Le bruit qui en résultait avait le malheur d'irriter considérablement ses deux chats, qui étaient encore moins réticents à exprimer leur mécontentement, ce qui à son tour ajoutait au brouhaha général émanant de l'étage supérieur. La nuit en revanche il régnait sur les lieux le genre de silence qui succédera éternellement au crépuscule des Dieux.

Les Wilkinson avaient une vue sur la rue et, plus important, directement sur la porte d'entrée de mon appartement. Ils pouvaient aisément inspecter mes allées et venues, ce qu'ils ne manquaient pas de faire. Comme Mr Wilkinson n'avait guère d'occupation plus prenante que de subir les excentricités lyriques de son épouse et de remplir, stoïque, les mots croisés du *Daily Telegraph*, il trouvait une certaine fascination à observer mon mode de vie. Ils en ont eu un aperçu inattendu une fois… avec un dénommé Gary.

Je l'avais rencontré à Backstreet. Gary était fier d'être né à proximité de l'église de Bow, ce qui en faisait selon la tradition un vrai cockney. Il ne prononçait pas du tout ses *h*, ce qui lui conférait un aspect véritablement « mec ». Il était jardinier et sa camionette blanche était pourvue de toute sorte d'outillages, qui avaient un usage double entre ses activités journalières et nocturnes. Gary était un vrai sadique. Il m'avait fait assez peur lorsqu'il m'avait susurré à l'oreille le détail de ses fantasmes. Du coup je l'avais invité le plus promptement possible à passer la nuit chez moi dans le Essex Road.

Garé juste devant, il extirpa de son véhicule un grand sac noir, quelques cordes, un très long balai, un escabeau et pour finir son imminente victime. Même si le décor de mon salon ne s'y prêtait guère, Gary ne perdit pas de temps et installa son escabeau au milieu de la pièce. Il attacha ensuite mon corps, torse nu, d'abord à l'échelle à l'aide des cordes, puis mes bras le long du balai, façon crucifixion.

Lorsqu'il fut satisfait par mon immobilisme, il endossa sa casquette de cuir et, sans plus attendre, sortit des pinces de son sac. Elles avaient l'air assez méchantes, avec des parties dentées particulièrement incisives. Toujours partant pour de nouvelles aventures, je lui ai quand même indiqué que ce serait bien d'avoir un mot de passe, ce qui est toujours recommandé dans les pratiques SM. Nous sommes convenus que je devais l'appeler *Sir* tout le temps. Si jamais je prononçais son vrai prénom Gary, ceci signifiait qu'il devait immédiatement tout arrêter.

Gary appliqua d'abord l'une des pinces à mon sein droit, ce qui fit effroyablement mal, sensation réitérée lorsqu'il attacha, assez machinalement, une autre à gauche. J'ai poussé un cri de douleur, que j'ai étouffé moi-même en songeant au sommeil léger de mes propriétaires et de leurs sympathiques compagnons félins. Gary me regarda et me demanda si tout allait bien. Je ne voulais pas me démonter, après tout je me considérais depuis un bon moment dans mon for intérieur comme un masochiste, donc je lui mâchouillais une sorte de consentement à demi convaincant, ce qu'il a pris pour l'autorisation d'aller plus loin.

Il retourna à son sac et en retira une dizaine de pinces à linge, destinées, elles, à la peau délicate autour de mes aisselles. Il en appliqua quatre de chaque côté. Chaque pince faisait un peu mal, mais pas autant que lorsqu'il glissa délicatement son index sur l'ensemble, façon jeu de dominos, et ceci à plusieurs reprises. Je murmurais mon inconfort mais faisais de mon mieux afin de ne pas prononcer le fatidique mot de passe.

Vint ensuite une petite chaîne qu'il accrocha aux deux pinces avant de placer délicatement ses deux doigts au centre, juste au milieu de mon torse. Puis il me regarda. Fixement, et c'est là, dans l'immédiateté de cet instant, que j'ai appris la règle de base de toute bonne relation sadomasochiste...

Avant de devenir journaliste européen et dans un souci de financer mes sorties dans les backrooms de Paris, j'avais été professeur à la fac en France. Je me souviens de l'instant très précis où, face à un amphi un peu houleux à Nanterre (il s'agissait d'un « cours de conversation anglaise » au début d'année où étaient présents pas moins de cent trente étudiants), j'ai tout d'un coup compris que la meilleure façon de rétablir l'ordre n'est pas de suivre son instinct et de faire de la surenchère en élevant la voix, comme j'avais toujours fait jusque-là, mais plutôt de reprendre calmement mon propre souffle intérieur et de respirer un bon coup, très profondément. Par un effet de dynamique de groupe, l'assistance se calme alors automatiquement, se calquant instinctivement sur la sérénité retrouvée de celui qui se trouve devant elle.

Là, dans mon appartement du Essex Road, attaché comme je l'étais à l'escabeau et sur le plancher pas droit recouvert de moquette orangée, j'ai eu une sorte d'épiphanie en comprenant tout d'un coup, dans les yeux de Gary, qu'il n'attendait pas autre chose de moi que je lui communique, à travers mon seul regard, les limites de ce qu'il pouvait et ne pouvait faire. Plus encore, comme la plupart des bons *tops*, il n'était pas là uniquement pour assouvir ses propres fantasmes. C'était nettement plus excitant pour lui de m'aider à réaliser les miens, voire de franchir de nouvelles limites. Certaines de mes amies me disent qu'elles doivent parfois apprendre, et puis surtout affecter, les yeux de biche pour séduire les hommes. Les masochistes doivent eux apprendre le regard vulnérable qui laisse tout transparaître de leurs désirs et qui exacerbe celui qui les tourmente.

Mon premier cours pratique fut avec la cire de bougie. Gary en sortit une grande de son sac, qu'il alluma avant de la rapprocher de mon corps, parcourant différentes zones sensibles, tout en me regardant chaque fois intensément. J'essayais d'appliquer ce que j'avais intimé quelques secondes auparavant et lui indiquais à travers mon regard si telle ou telle partie du corps était trop douloureuse.

Il commença par en verser une petite dose brûlante sur la peau de mon épaule gauche. Cela fait très mal à l'instant, mais la douleur s'en va rapidement par la suite, ce qui la rend plus supportable. Ensuite sur le torse, cela passait, mais pas au niveau des seins, déjà mis à rude épreuve. Pour l'arrière des mains cela allait aussi, comme les bras et les cuisses, tout comme, quoique plus pénible, le haut des pieds. C'est lorsqu'il s'apprêtait à en verser quelques gouttes bouillantes sur mes parties les plus délicates que je lui ai indiqué, par un regard à la fois pétrifié et complice, que cela en ferait trop. Il a arrêté et s'est retenu. *Top* et *bottom* étaient en parfait état d'osmose. C'était jouissif.

Nous avons tout rangé assez rapidement, puis nous nous sommes couchés. Nous avons longtemps discuté de l'expérience que nous venions d'avoir, puis de nos vies, et nous nous sommes assoupis avant de nous lever vers 9 heures. Je lui ai préparé des toasts à la marmelade et du thé sucré.

Il restait un problème à résoudre : son départ. Il devait sortir sans que les Wilkingtons, qui étaient toujours réveillés par la livraison de leur *Daily Telegraph* à 7 h 30 s'en aperçoivent.

Gary commença à enfiler sa combinaison cuir, car il n'avait rien d'autre avec lui. Même sans sa casquette, Vera, Bill et les autres passants même les plus naïfs de Essex Road, pouvaient aisément comprendre de quoi il s'agissait. En outre, comme il avait son escabeau avec lui, il était impératif que les Wilkington ne l'aperçoivent pas, allergiques qu'ils étaient à l'idée de toute modification de leur précieux bien immobilier.

Je lui ai donc expliqué l'impérieuse nécessité de monter très discrètement le petit escalier sur le côté du jardinet avant de bifurquer vite fait à gauche afin de donner l'impression de venir de plus loin dans la rue, tout ceci pour que Mr Wilkington ne puisse pas s'imaginer une seule seconde qu'il sorte de chez moi. Ce que Gary promit de faire. Il prit son sac et son escabeau. Après lui avoir fait un petit baiser et l'avoir remercié pour la soirée, j'ouvris la porte et nous sommes tombés nez à nez avec… Mr Wilkington.

Deux fois dans ma vie, je suis resté totalement bouche bée. C'était la toute première. Nous sommes même restés silencieux un petit moment. Puis, je ne trouvais rien de mieux à faire que les présentations d'usage. « Mr Wilkington, je vous présente Gary, Gary, voici Mr Wilkington. » Les deux ont échangé un rapide et très britannique « *How do you do ?* » avant que mon invité disparaisse dans l'escalier, puis dans la rue et définitivement de nos vies. Mr Wilkington me demanda ensuite très poliment s'il pouvait regarder le compteur de gaz dans la salle de bains.

Pour l'anecdote, la deuxième fois où je suis resté totalement bouche bée est beaucoup plus récente. La scène s'est déroulée à l'aéroport de Tegel à Berlin. L'Union européenne venait de commencer l'application des mesures draconiennes de sécurité concernant le transport de produits liquides dans les bagages à main. J'avais pris une petite valise à roulettes que je pensais avoir vidée avant d'y ranger mes affaires. Hélas j'avais dû y mettre, pour je ne sais plus quel *scénario* berlinois, un spray destiné à faciliter les rapports anaux, commercialisé sous le nom somme toute assez explicité de « *Anal Ease* ». Le sac passa sous les rayons X et ressortit de l'autre côté où une agente particulièrement vigilante me demanda de l'ouvrir. Elle retira l'objet et le montra à tout le monde...

« *Was ist das ?* » me demanda-t-elle en me présentant le gel.

J'ouvris la bouche et pendant un long moment je ne sus tout simplement pas quoi lui dire. Je devins aussi rouge bordeaux que le passeport UE que j'avais à la main. C'est le pragmatisme allemand qui nous a tirés d'affaire. L'agente elle-même (que je soupçonne d'être lesbienne) me sauva la face en proposant : « C'est une sorte de déodorant ? » J'ai fait un immense *Jaaaa* en hochant la tête, fortement soulagé, enveloppant le produit aussi rapidement que possible dans l'un des sachets en plastique qu'elle me tendit avec un regard quelque peu complice...

À part les boîtes fétichistes, il y a un autre endroit londonien investis par les gays *cuirs*. Brompton's Cemetery est un vaste cimetière au milieu de Earl's Court. Ce lieu de recueillement offre au passant un moment de calme loin du vrombissement des voitures, impatientes de retrouver les quartiers chics de Kensington ou de Knightsbridge. Dans le genre gothique on ne fait pas mieux. Les brochures touristiques s'empressent de recommander ce lieu aux touristes en quête de phénomènes occultes. On omet en revanche de les prévenir qu'il n'y a pas que d'étranges entités spectrales qui rôdent autour des vieilles sépultures victoriennes.

La première fois que je m'y suis rendu, c'était en plein milieu d'un mois de juillet caniculaire. Je cherchais l'endroit où l'on draguait, déterminé à faire une belle rencontre. Après quelques détours, j'aperçus au loin une dizaine d'hommes torse nu sur les tombes…

En dépit de mes fréquentations nocturnes et de mes velléités à draguer dans n'importe quelle circonstance, j'avais néanmoins quelques réserves sur ce lieu vis-à-vis des défunts. N'était-ce pas choquant de chercher du sexe ici ? Ne s'agissait-il pas d'une ultime provocation ? Avait-on vraiment le droit d'y faire parader nos désirs, en foulant au pied leur dernière demeure ? Pendant que mon âme essayait d'en découdre avec ces questionnements existentiels, ma libido, elle, avait largement eu le temps de repérer quelques beaux spécimens qui venaient d'arriver. Du coup mes scrupules tombèrent aussi promptement que ma chemise et je m'allongeais sur une vieille pierre tombale. Il s'est alors passé un incident qui résume la quintessence de mon pays.

Dix minutes après m'être étendu, j'ouvris les yeux et distinguai à l'horizon non pas l'un des dragueurs mais une vieille dame avec un chapeau fleuri, quelques roses à la main, et qui se frayait gentiment un chemin entre les allées et les pierres tombales. Le sentiment de culpabilité m'envahit de plus belle, d'autant qu'elle se dirigeait apparemment tout droit sur moi. Venait-elle refleurir la dernière demeure de l'un de ses proches ? Serais-je en train de bronzer sur la tombe de son époux ?

Le suspense dura deux ou trois minutes, le temps qu'elle arrive à quelques mètres de moi. Après avoir agi comme si elle ne m'avait pas vu, tout d'un coup elle se tourna vers moi, et me regarda les yeux dans les yeux. J'étais terrorisé… Puis son visage s'illumina et avec un accent on ne peut plus chic elle me dit : « *Isn't it an absolutely lovely day ?* »

C'était la rencontre de deux mondes parallèles. Avec mon corps offert et lascif j'aurais voulu l'étreindre. J'embrayais tout de suite sur le mode pilote automatique de la politesse britannique en lançant un « *Let's hope it'll hold* », « Espérons que cela tiendra ! » avec l'accent le plus oxfordien possible. La vieille dame s'en est allée, chapeau fleuri à la main, enlevant quelques mauvaises herbes sur son chemin. J'avais fait, ce jour-là, tout comme je l'espérais, une belle rencontre.

J'aime mon pays pour ces contradictions. Je l'aime aussi pour la lumière jaune blafard des réverbères qui éclairent ses banlieues en hiver. J'aime mon pays pour ses panneaux dans quelques gares désaffectées qui informent les voyageurs que « les trains qui passent peuvent causer des turbulences dans l'air ». Je l'aime parce qu'on met toujours le sachet de thé avant l'eau bouillante et j'aime l'odeur dans les bus. J'aime Londres à cause de Battersea Power Station, cette monstruosité d'un autre siècle, une énorme centrale électrique abandonnée avec ces quatre immenses cheminées que toutes les autres capitales du monde auraient essayé de planquer au fin fond d'une banlieue. Nous, non ! La voici qui trône majestueusement aux bords de la Tamise, au centre même de la ville. Elle est un peu comme l'Angleterre qui a connu son heure de gloire mais qui est toujours là, sublimement incongrue dans le paysage environnant, *isn't it ?*

J'ai sans doute une certaine idée de mon pays, comme on a une certaine idée des gens lorsqu'on est amoureux, qui sait, lorsqu'on les aime aussi. C'est sans doute pour cela que je ne cesserai de le tromper jusqu'à la fin de mes jours.

J'ai fait l'état des lieux avec Mr Wilkington qui a pu vérifier que tout était à sa place comme avant. J'ai quitté Essex Road et suis revenu m'installer à plein temps dans cette capitale française que j'essaie de quitter mais que je finis toujours par retrouver. Comme un vrai amant.

Toi

Me voici dans le Herensgracht. J'entends le même carillon sonner l'heure avec la même cantate de Bach. Je mâche des bonbons à la menthe qui fondent dans la bouche, les seuls bonbons que toi et moi, nous mangions. Je déguste une soupe à la citronnelle chez Dynasty, le restaurant le plus kitsch de la ville avec au plafond ses parasols colorés retournés.

Je suis dans ma chambre d'hôtel et je regarde, ahuri, la messe en néerlandais. Je me surprends à chanter les hymnes avec les sous-titres. J'erre dans la Rembrandstplein et je mange des boulettes de viande dans la rue de la demi-lune. Et soudain, je me trouve, moitié par hasard, moitié exprès, en face du house-boat que nous louions. Je m'attends à ressentir quelque chose mais je ne ressens rien, rien de toi, rien de nous. Pourtant c'était il y a cinq ans à peine. Je m'efforce donc d'y coller des souvenirs.

Un bateau plein de touristes américains passe et dans mon pantalon de cuir un peu trop serré je me sens con.

Je me précipite sur le Damrak, puis entre les sex-shops de la Warmoestraat et je cherche l'Argos, la plus ancienne boîte cuir de la ville. Je soulève le rideau. Je prends une Amstel et je jette un coup d'œil sur le porno à l'écran. Quelque chose avec des spéculums cette fois-ci. Je me glisse doucement dans la backroom. Il fait chaud.

Je ne vois pas grand-chose. Je vais de cabine en cabine. Il y a des hommes qui me regardent que je ne regarde pas, puis d'autres qui regardent ailleurs lorsque c'est moi qui les dévisage... Je trouve cette torpeur tout d'un coup sordide. Je ressors. Cette ville ne sent que la bière, la pisse et le mauvais skunk. Je déteste Amsterdam.

Mike

En revenant en France, j'eus l'énorme surprise que l'on me propose le poste de directeur des programmes en français de Radio France Internationale. C'est la première, et jusque-là l'unique fois qu'un citoyen britannique a eu cet honneur. Il y a même eu une question relative à ma nomination au Sénat de la part d'un sénateur visiblement ému par la nouvelle. S'il est toujours en poste j'imagine que la lecture éventuelle de ce tome n'arrangera certainement pas mon cas.

Je dirigeais pour la première fois de ma vie quelque deux cents personnes, journalistes et pigistes. Même si je ne partageais pas leur langue maternelle, ils ont fini par constater que, contrairement aux nombreux énarques nommés à ce genre de poste, j'ai passé moi-même des années, payé au lance-pierres, à monter des bobinos jusqu'à 4 heures du matin. Je continuais d'ailleurs à tremper mes mains dans les journaux en faisant la revue de presse européenne. Chaque fois que je voyais l'empreinte de mes doigts laissée sur le papier que je lisais à l'antenne, je me régalais à l'idée que l'encre était constituée d'un mélange en provenance de Bruxelles, de Barcelone, de Madrid, de Milan, de Lisbonne et de Londres.

J'ai tiré de cette double activité une grande leçon. Radio France Internationale et Radio France sont deux entités autonomes, mais qui se trouvaient toutes les deux logées à la Maison de la Radio. Leurs bureaux étaient assez proches, séparés uniquement par une série de portes battantes. Je préparais ma revue de presse dans mon bureau de directeur, où j'avais l'honneur non seulement d'avoir deux travées (une vraie marque de prestige dans la Maison Ronde) mais aussi à l'époque un PC et puis une bouilloire pour préparer du thé. Je n'en abusais pas pour autant, car j'avais très exactement deux heures pour parcourir une trentaine de journaux et puis pondre un papier plus ou moins cohérent. Chaque visite au bout du couloir signifiait que la lecture de *La Repubblica* ou du *Helsingin Sanomat* devait sauter.

Je courais ensuite vers le studio de la matinale de France Inter. D'un côté de la porte les gens me disaient « Bonjour, monsieur Taylor, vous allez bien ? », certains tremblant voire pâlissant car après tout j'étais leur directeur. Une fois franchi ce seuil, en revanche, en l'espace d'une nanoseconde, je devenais le pigiste étranger qui venait raconter ses trucs sur l'Europe, et c'était du « salut Alex » ou beaucoup plus souvent des regards un peu énervés lorsque je bloquais malencontreusement le passage à tel ou tel chroniqueur en route vers son analyse boursière ou géopolitique. C'était une grande leçon d'humilité.

Me retrouver à la tête de deux cents personnes, moi qui avais dirigé jusque-là de petites équipes de télévision ne fut pas sans impact sur ma vie sexuelle. Non pas, soit dit en passant, que les expériences masochistes manquaient dans le cadre de mes responsabilités, la plus ardue de loin étant les comités d'entreprise mensuels. Aucun sadique au monde, et j'en ai rencontré une belle brochette sur plusieurs continents, n'est aussi terrifiant, aussi impitoyable, aussi féroce et appliqué, aussi vicieux et sophistiqué dans l'application progressive de la torture qu'un délégué de la CGT en prise directe avec l'autorité !

On aura compris que ma sexualité tournait déjà autour de la notion de contrôle. Au fur et à mesure que l'on m'accordait du pouvoir dans la vie de tous les jours, mes fantasmes devenaient de plus en plus axés sur la domination. Élémentaire, mon cher Taylor, me dira-t-on. Très franchement il aura fallu que j'écrive ce livre, et que je relise mes journaux intimes, pour établir la relation. Ma libido, qui n'a jamais été timide dans sa capacité à stimuler l'invention des fantasmes les plus excentriques, prenait ainsi librement son essor. C'est à cette époque que mes requêtes sexuelles, jusque-là somme toute assez classiques dans le monde cuir, commencèrent à prendre une tournure nettement plus loufoque. Parmi les plans les plus saugrenus figure sans doute mon kidnapping sur un parking désaffecté du Connecticut, de l'autre côté de l'Atlantique.

J'avais dialogué *via* Internet avec un certain Mike, un *leathermaster* américain des plus charmants, qui avait exprimé le vif souhait de m'enlever au milieu de la nuit dans un endroit glauque, afin de me conduire dans sa maison de campagne isolée. L'idée me paraissait on ne peut plus séduisante. J'ai attendu un week-end où je n'étais pas d'astreinte pour RFI, et me suis précipité dans un vol d'Air France à destination de JFK. Pendant les huit heures que durait le voyage, j'ai eu largement l'occasion de me poser de nombreuses questions sur l'imprudence, voire sur la stupidité de ce déplacement, surtout lorsque l'avion approcha des côtes de l'immense Nord canadien. J'étais de l'autre côté de l'océan. Qu'est-ce que je fichais là ?

Je n'avais toujours pas apporté de réponses à cette question dans le taxi qui m'emmenait à Grand Central Station où je pris à 19 h 30 un train du réseau Amtrak. Sur le billet figurait comme destination finale un endroit qui s'appelle Fairfield. C'était à deux heures de trajet de NYC, et c'est tout ce que je savais.

J'étais assis parmi les travailleurs de la Grande Pomme, lisant le *New York Times* ou discutant avec leurs collègues, bref égrenant tous une normalité quotidienne qui commençait à me paraître extraordinairement sympathique. Au fur et à mesure que le train déposait l'un après l'autre mes co-passagers, la nuit tombait, les villes devenaient de moins en moins peuplées et je commençais à me sentir perdu, esseulé et bien loin de mes repères habituels. Je me souviens bizarrement, mais très clairement d'avoir pensé pendant le trajet que je préférerais nettement me trouver en train d'acheter un yaourt aux fruits dans mon G20 du coin à Paris. J'en étais loin. La mémoire collective gay propose d'ailleurs une panoplie de références utiles dans toutes sortes de circonstances, et la phrase qui m'est venue tout d'un coup à l'esprit est celle que Judy Garland dit à son chien une fois que tous les deux se retrouvent de l'autre côté de l'arc-en-ciel dans le Magicien d'Oz : « *I don't think we're in Kansas any more, Toto.* »

Il est 21 h 30. À la station précédant Fairfield Connecticut, dans un état de fatigue et d'excitation considérables dû aux effets combinés du jet-lag et de l'anticipation de ce qui allait m'arriver, je vais dans les toilettes du compartiment pour me changer. J'avais reçu en amont des instructions très précises indiquant que je devais arriver en combinaison de motard cuir. L'étroitesse du lieu transforme cette simple opération en une sorte d'entraînement pour contorsionniste. Lorsque j'en ressors, les autres passagers restant dans le wagon sont surpris par ma métamorphose.

Peu importe. Je me joins à eux et je descends à la gare de Fairfield, un endroit que j'imagine déjà pas franchement accueillant dans la journée mais encore moins la nuit tombée. Les cinq personnes qui étaient descendues avec moi disparaissent dans le froid. Je cherche le parking de ce lieu désert.

Je tourne un peu en rond, craignant un plan foireux, ce qui m'aurait bien sûr énervé, mais peut-être aussi soulagé pour être franc. J'espère seulement qu'il y aura dans ce cas un hôtel pour m'accueillir même si je doute que ce soit le genre d'endroit idéal pour un petit séjour d'agrément. J'ai également conscience que je suis peut-être déjà observé, mais je n'ai aucun moyen de savoir par qui ni où...

J'ai froid, ce qui est souvent le cas avec le cuir pendant les premières minutes avant que la chaleur humaine forme comme un coussin de protection entre le tissu et la peau. Pourquoi ai-je tant besoin d'aller vers l'extrême dans mes fantasmes ? Je n'ai pas beaucoup de temps pour réfléchir car soudain j'aperçois au fond du parking une Jeep qui me fait les deux appels de phares attendus. Ça y est, c'est trop tard pour reculer !

Je m'approche, évitant, comme convenu, de regarder le conducteur à travers le pare-brise. Mon cœur bat à cent à l'heure. Je contourne le véhicule et jette mon sac dans le coffre, puis je m'apprête à ouvrir la portière. J'avais reçu des instructions strictes : fermer les yeux au moment de rentrer dans le véhicule, m'asseoir sur le siège du passager avant, sans mot dire, ce que je fais.

On m'attache un bandeau autour des yeux. Des gants en cuir frôlent la peau de ma joue. Silence. Obscurité. J'attends. Rien. La voiture démarre. Doucement. C'est une automatique. Je sens la présence du conducteur. La voiture tourne un peu, semble quitter le parking et s'engager dans l'une des routes de la ville : vers où et vers quoi je l'ignore totalement...

Tout d'un coup une musique démarre. Je me souviens d'avoir remarqué que la qualité du son était bonne. Du coup, je m'étais dit, dans ma recherche frénétique d'indices sur mon kidnappeur, que j'avais forcément affaire à un homme sérieux, réflexion idiote que l'on formule souvent dans des circonstances pareilles, privé de tout autre élément auquel se raccrocher. Le style de musique m'a pourtant étonné. Ce n'était pas du tout une musique brutale ou inquiétante, au contraire il s'agissait plutôt d'harmonies douces et planantes façon New Age.

La voiture s'arrête, peut-être à un feu, peut-être au milieu de nulle part – déjà ! – et je sens le gant de cuir à nouveau sur ma peau, une fois autour des tétons, une fois sur la braguette de mon pantalon de cuir, avant de venir se poser sur mes narines et de les fermer quelques secondes. Puis... quelque chose d'extraordinaire survient.

Plutôt que de la peur, de l'inquiétude, la remise en cause de ma participation à ce plan totalement écervelé, je ressens, à mon grand étonnement, un immense sentiment de paix intérieure, comme si, de toute façon, il ne me restait plus rien d'autre à faire que de jouir de la situation. C'est comme si j'avais gagné le droit de me lâcher, de m'amuser par le simple fait d'avoir consenti à être là. Maintenant il s'agissait de faire totalement confiance à l'autre personne, et surtout de lui céder le contrôle entier de la situation, de ma vie. J'avais imaginé, espéré même, être terrorisé. En fait j'étais profondément soulagé. Ce sentiment de libération, c'est celui d'une jouissance véritablement spirituelle.

Le plan a été plutôt sympathique. J'ai été conduit de force dans la cave de la maison, laquelle était en effet on ne peut plus isolée car elle se trouvait au milieu d'une forêt de pins, comme j'ai pu m'en apercevoir le lendemain matin. Ce monsieur abusa on ne peut plus gentiment de son otage d'un soir. Lorsque mon ravisseur m'enleva le bandeau après deux heures dans sa cave, période pendant laquelle il m'avait tour à tour palpé, recouvert de sacs en plastique, menacé et enfumé, injurié, humilié, trituré, torturé, mais aussi embrassé et câliné très tendrement, j'ai découvert le visage d'un grand gaillard plutôt sympathique, pas un canon de beauté, mais avec des traits rudes genre mafia italienne. Il était agent immobilier et il avait fait fortune en vendant quelques superbes propriétés dans le coin. Il s'était fait construire cette magnifique maison où visiblement il s'ennuyait un peu.

Le lendemain il m'a préparé le plus courtoisement du monde un petit déjeuner copieux en me proposant de passer le week-end à visiter les sites touristiques du Maine, à bord de l'une de ses trois voitures de sport. Je sentais néanmoins que l'on avait fait tout ce que l'on devait faire ensemble. Pour être franc je devinais chez lui et dans son invitation la recherche un peu trop désespérée d'une présence et cela me fit peur. Je préférais terminer mes muffins et repartir pour New York.

Dans la file d'attente des « *Aliens* » à l'aéroport, un officier des Douanes me demanda à brûle-pourpoint : « *Are you a U.S. citizen ?* » Là, pour la première fois de ma vie j'ai répondu sans trop y penser : « *No, I'm a European.* » Jusque-là j'aurais naturellement répondu que j'étais britannique, ce qui correspond à la nationalité inscrite sur mon passeport et plus profondément dans mes gènes. Pour la première fois, je m'étais défini, spontanément, comme ressortissant de notre merveilleux continent, et lorsque notre 777 a décollé, j'ai eu le sentiment rassurant en voyant les côtes du New Jersey s'éloigner, de retrouver mon univers et de surcroît mes yaourts préférés.

Toi

Juste pour que tu le saches, j'ai acheté, longtemps après, un moulin moi aussi. Je me suis dit qu'il était temps de m'établir quelque part, de créer mes propres racines. Je suis allé dans une agence immobilière et je leur ai demandé s'ils avaient un moulin en Normandie. Pas évident, m'ont-ils répondu.

Il n'empêche, une semaine après, un peu étonnés eux-mêmes, ils m'ont envoyé la photo d'un moulin dans la Beauce. C'est aussi près de la capitale mais la région est moins parisienne que celle où nous étions. Je suis allé le visiter et en dix minutes je l'ai pris. Tu serais fier de moi, c'est à une heure de Paris seulement et pourtant, moi britannique, je suis le seul immatriculé 75 dans le parking de mon Super U local !

Sache juste que lorsque je l'ai acheté, après avoir signé l'acte de vente, la première chose que j'ai faite, en retournant dans cette superbe maison un peu froide et un peu triste sous la grêle du mois de février, c'est de poser ta photo sur le chambranle de la cheminée. Elle y est toujours et tout nouvel arrivant ne peut s'empêcher de poser des questions à ton sujet.

Je voulais un chien et il se trouve que j'en ai trouvé un, dans un magasin sur les quais à Paris. Ils avaient ce jour-là une chienne de la même race que le Kid. Elle n'osait pas me regarder dans les yeux au moment où je l'ai libérée de sa cage et je me suis rappelé que tu m'avais dit que c'était un très bon signe. Donc, je l'ai achetée. Sans trop y penser j'ai retrouvé dès les premiers jours les mêmes gestes et mots que l'on utilisait avec le Kid. Du coup, aujourd'hui même, sache que, s'élançant dans l'immensité des champs de blé de la Beauce, il y a une bergère des Pyrénées qui comprend l'anglais uniquement lorsqu'il est zozoté…

Prostitution

Ce titre de chapitre me vient spontanément pour relier mon parcours professionnel d'un côté et sexuel de l'autre car l'un ne va pas sans l'autre. Prenons-les dans l'ordre.

Ma carrière médiatique d'Européen, d'abord, depuis les sommets de France 3, France Inter et de RFI a connu, tout comme ma vie sexuelle, quelques « déviations », avant de slalomer sur des pistes parfois obliques. Sans doute l'un des pires moments de ce CV fut mon dernier licenciement de France 3. Chaque matin, j'accueillais les jeunes téléspectateurs des émissions matinales en déclinant des phrases du type : « Bonjour toi, ici France Truk ! » Au bout d'une année, on m'a expliqué d'un ton peiné que mon accent avait fait fuir les enfants sur TF1… Seule la langue allemande a une expression adéquate pour cerner le désarroi provoqué par ce limogeage : ma carrière dans le journalisme était désormais « *toter als tot* », plus morte que morte !

Depuis je me suis reconverti en animateur de conférences et de conventions internationales. J'en ai animé plus de quatre cents, principalement en Europe mais également dans d'autres parties du globe. Ce nouveau métier m'a permis de croiser une succulente brochette de quelques-uns des plus grands de ce monde, parfois dans des circonstances curieuses.

Si je voulais vraiment faire ce que l'on appelle en anglais du « *name-dropping* », le fait de glisser des noms prestigieux dans la conversation, je choisirais sans doute le moment où je présentais à Johannesburg une sorte de Concours Eurovision de la Chanson pour l'Afrique. Cela s'appelle les « Kora Awards ». J'attendais patiemment en coulisse la fin du lancement de ma coprésentatrice, une ancienne Miss Soweto qui ajoutait à son époustouflante beauté une certaine exubérance à l'improvisation. Du coup arrivent au même moment nos deux invités vedettes qui ne s'étaient jamais rencontrés jusque-là. Ce moment n'a pas été relaté dans la presse spécialisée, certes, mais l'on fait difficilement plus *people* car c'est l'auteur de ce livre qui a eu l'honneur de présenter l'un à l'autre… Michael Jackson et Nelson Mandela !

C'est à nouveau votre humble serviteur *himself* qui a tendu la statue noire d'une mouette morte au Président Clinton, lorsque celui-ci eut l'amabilité de participer – pour des raisons sans doute liées à de trop grosses factures d'avocat dans l'affaire Lewinsky – à une réunion des cadres dirigeants de Monoprix. Ce geste était censé remercier l'ancien Président pour son engagement dans l'affaire du naufrage de l'*Erika*. Interpellé au vu de l'œuvre offerte, son regard restera à tout jamais gravé dans ma mémoire.

Une fois je me trouvais à l'Élysée après avoir animé une rencontre entre d'un côté Jacques Chirac et Tony Blair et de l'autre cinq cents étudiants de leurs deux pays. J'ai pu éclairer ces anciens hommes d'État sur un détail de nos deux langues qui jusque-là leur avait échappé. À la fin des débats, l'ancien Président s'est brusquement dirigé vers moi, entraînant avec lui l'ancien Premier Ministre britannique pour nous informer tous les deux que l'on disait souvent en français : « My Taylor is rich. » J'étais un peu pris au dépourvu par cette entrée en matière et j'ai répondu : « On me le fait souvent, mais je ne pensais pas avoir l'honneur que ce soit le président de la République qui me le fasse aujourd'hui ! » Face à l'étonnement de mon Premier Ministre j'ai expliqué que c'était l'équivalent de l'expression que tous les Britanniques connaissent du français : « La plume de ma tante est sur la table. » Cette fois-ci, c'est le Président qui a été pris d'une perplexité passagère, avant qu'il ne conduise son invité avec une certaine célérité vers le buffet « déjeunatoire ».

J'ai aussi animé le déplacement officiel de la reine d'Angleterre à Toulouse, lors de sa visite d'État dans l'Hexagone. Sa Majesté avait exprimé le souhait d'inspecter le hangar où l'on rassemblait les morceaux de l'A380. Il aura fallu deux jours de répétition pour que je sois en mesure de faire mon annonce devant cinq cents personnes dûment rassemblées sur place. Nous attendions tous gentiment l'arrivée imminente de son Altesse, les yeux rivés sur la grande porte vitrée qui séparait le bâtiment du tarmac…

Plus ou moins à l'heure convenue arrive une grande Rolls Royce noire avec le drapeau britannique sur son capot. La voiture s'arrête, une portière s'ouvre. Une charmante vieille dame habillée en mauve avec un chapeau de la même couleur en descend et commence à se diriger vers nous. J'ai annoncé juste avant qu'elle ne franchisse le seuil de la porte vitrée : « Mesdames et Messieurs, la Reine, *Ladies and Gentlemen, The Queen !* » au cas où quelques personnes étourdies ne l'auraient pas reconnue.

La seule autre annonce indiquée sur mes fiches – mais cette fois-ci en italique avec la mention *phrase facultative* – me demandait de rappeler à Noël Forgeard, alors Président d'Airbus, qu'il lui incombait, à la fin des quelques rapides discours de circonstance, de diriger la Reine vers le public. Au prix où j'étais payé, je me suis dit que j'allais la sortir quoi qu'il en soit. Avant même que ce monsieur ne puisse donc amorcer un geste dans ce sens, je me suis emparé du micro et j'ai prononcé d'une voix tonitruante et au-dessus des applaudissements la magnifique phrase, en bilingue « Le président d'Airbus va maintenant accompagner Sa Majesté dans sa visite auprès du personnel, *The President of Airbus will now escort Her Majesty from the stage !* »

J'ai vu énormément de Présidents, de commissaires et de ministres de ceci et de cela mais il est en particulier une image touchante qui me revient en mémoire. J'animais, il y a quelques années, une rencontre particulièrement prestigieuse au Parlement européen, où celle qui était la Présidente à l'époque, Nicole Fontaine, avait fait un vibrant discours sur l'avenir de notre continent devant un parterre d'éminences et de sommités émues. Elle était rentrée apparemment à Paris avec le même Thalys que moi car je me souviens de l'avoir revue un peu plus tard, vers 23 heures, tranquille, dans le métro, un roman policier entre les mains. Ainsi, parfois, s'en vont les Grands de ce monde, sur la ligne 4 quelque part entre Porte de Clignancourt et Porte d'Orléans…

En dehors des événements où figurent de grandes personnalités, j'ai animé un nombre invraisemblable de cérémonies en tous genres. Parmi les plus demandées, les soirées de remises de prix. Dans la catégorie « la plus farfelue » les nominées sont… une soirée sur les innovations dans le monde des produits anti-mildiou, un dîner de gala à Bordeaux pour noter les innovations technologiques dans le monde vinicole (« je vous demande d'applaudir l'effeuilleuse à tambour rotatif souple ! »), ou encore à Besançon la récompense pour la première « gaine co-extrudée bi-couche » du monde !

Dans la catégorie « les plus déroutantes », une mention spéciale du jury sera remise à la cérémonie des Awards que j'ai animée dans une arène de corrida à Madrid pour une société internationale fabriquant des prothèses. Il s'agissait de leurs Grands Prix de Vente Internationaux. Tous étaient en smoking. Pendant une heure et demie je devais donc appeler sur scène ceux qui avaient vendu, par exemple, le plus grand nombre de jambes de prothèse en Autriche, dont les ventes étaient en augmentation de 23,5 % par rapport à l'année précédente : *¡ Sus aplausos por favor !*

Dans la catégorie « la journée la plus *space* », la championne incontestable est celle passée dans un amphithéâtre d'Issy-les-Moulineaux en compagnie des assistants sociaux de la Cramif, un organisme chargé de venir en aide aux personnes démunies en

Seine-Saint-Denis. On avait accompagné leur entrée en salle avec des bruits voulus stressants avant de procéder à la diffusion de sons plus reposants, tels des chants d'oiseaux, au moment de l'arrivée de la Direction. La journée était ainsi consacrée à des explications, avec moult *powerpoints*, notamment sur la façon dont le cerveau humain relâchait des glucocorticoïdes en période de grand stress. Des diagrammes avec des flèches dans tous les sens indiquaient ensuite la meilleure façon de gérer ces flux. À mon tour de gérer en revanche les flux des commentaires acerbes à la sortie de la salle.

Et pour finir dans la catégorie « qu'est-ce que je fais là ? » une soirée de gala pour la très vénérable RATP au cours de laquelle on avait à plusieurs reprises oublié d'ouvrir mon micro pour ensuite m'informer dans l'oreillette que ce n'était pas le moment de m'exprimer. Si bien qu'après deux heures de brouhaha général, celui qui signait mon chèque murmura un peu hargneux à son entourage : « Il faudrait tout de même qu'Alex Taylor dise quelque chose ! »

Lorsque je me demande en effet ce que je fais à ces colloques, conventions..., je songe à la magnifique réponse qui m'a été donnée lors de la cérémonie d'ouverture de la nouvelle Fnac que j'animais un soir sur les Champs-Élysées. Depuis une semaine, afin de faire de la publicité autour de cet événement, le Marketing de l'enseigne avait eu l'idée de faire arpenter l'avenue par d'énormes créatures vertes montées sur des échasses. Il s'agissait des « Glyphoïdes », nom qu'on avait trouvé pour ces extraterrestres fraîchement débarqués d'une autre galaxie pour informer les terriens de la joyeuse nouvelle. Je devais annoncer leur venue devant un millier de personnes regroupées dans les rayons, un verre de champagne à la main…

Malheureusement leurs échasses les gênaient beaucoup dans la descente des escaliers mécaniques du nouveau magasin. À trois reprises on m'a fait monter sur scène pour demander à la foule d'applaudir l'arrivée de nos invités du cosmos, arrivée chaque fois de plus en plus imminente, mais accueillie par un enthousiasme décroissant, jusqu'au moment où leur quatrième non-apparition a occasionné des huées dans l'assistance. Je descends de la scène et tombe dans les bras de Fanny Ardant, qui était là pour la promotion de son nouveau film. Je lui demande spontanément : « Pourquoi on fait ceci ? » Sa réponse me guide encore aujourd'hui dans les moments les plus pittoresques de ma vie professionnelle : « Parce que Dieu nous voit ! »

« Mais pourquoi tu te prostitues comme ça ? » m'a demandé une fois un confrère journaliste avec lequel je venais d'animer un talk-show pour une grande banque. Il était visiblement un peu choqué que je sois obligé de ne faire que des « ménages ». D'abord, si je me « prostitue » il n'y a rien de nouveau sous le soleil. Je le fais exactement pour les mêmes raisons que mes collègues de ce sale métier ingrat et besogneux (je parle de celui qui s'exerce sur les trottoirs et non celui sur les plateaux en studio). Les médias en France refusent avec un entêtement stalinien depuis dix ans de s'intéresser à la cause européenne. J'avais quitté RFI afin de monter ma boîte de production pour faire des émissions sur l'Europe. Pendant cinq ans j'ai frappé à toutes les portes. Il m'a fallu générer un abondant flux de glucocorticoïdes pour encaisser partout la même réponse : « L'Europe n'intéresse pas les téléspectateurs ! »

L'Europe intéresse vivement, en revanche, les grandes sociétés comme Airbus, EADS, Suez, France Télécom, où la coopération continentale est une évidence. La vraie Europe est là. Je m'éclate en animant d'innombrables tables rondes où Belges, Italiens, Suédois, Grecs, Polonais et surtout Français, voire même parfois des Britanniques, travaillent ensemble sur le même projet. En France si les deux mondes de la politique et des médias ont boudé l'Europe depuis dix ans, celui de ses entreprises l'a définitivement comprise et lui ouvre non seulement les bras mais aussi le portefeuille.

Par contre il ne me viendrait pas forcément à l'idée de payer des gens pour du sexe. Lorsqu'on habite dans une grande métropole, il suffit en général de se connecter sur des sites comme *gaydar* ou *gayromeo* pour être assailli de pop-ups proposant une panoplie d'activités toutes plus sympathiques les unes que les autres, souvent avec des partenaires on ne peut plus séduisants. C'est parfois assez difficile, en revanche, lorsqu'on a des goûts aussi excentriques que les miens, de dénicher puis de draguer des partenaires dans des boîtes, même spécialisées. Cela devient nettement plus compliqué lors de scénarii plus élaborés qui nécessitent un matériel complexe ainsi que de nombreux accoutrements vestimentaires. Il semble alors parfois plus simple et plus pratique de payer l'un des quelques spécialistes sur le marché.

Le meilleur et de loin que j'ai connu est un ancien soldat que je fréquente de temps en temps à Londres. Il a été dans l'armée britannique et c'est un pur produit de Sandhurst, l'une des meilleures écoles d'officiers. Il a même été récemment en mission en Afghanistan. Il propose ses services en tant que « scénariste SM » à ses clients des deux sexes. Il ne s'agit pas du tout de prestations sexuelles comme il le stipule clairement sur son site web. Il se dit bisexuel et, s'il aime personnellement plutôt faire l'amour avec les femmes, il préfère pratiquer du SM avec les hommes gays, nettement plus ouverts en général à la réalisation de leurs fantasmes « les plus sombres ». Comme il l'indique également sur son site, « moins vos désirs sont politiquement corrects, mieux cela vaut... »

On y voit des photos de lui, par exemple habillé en préfet d'école victorienne, chapeau haut de forme, chemise en soie, de longues bottes noires, revenant dirait-on d'une séance de *caning*, où il aurait fouetté les élèves récalcitrants de sa *public school*. Sur une autre photo, il porte la blouse blanche d'un médecin aux allures franchement menaçantes, une seringue à la main gauche, un couteau dans l'autre. Quelques clics plus loin et le voilà dans l'uniforme on ne peut plus strict de la Marine anglaise, prêt à dompter les mutins de toute une flotte. Ou encore cet autre cliché qui le montre en bourreau du Moyen Âge, un masque sur le crâne, un long tablier en latex autour du corps, maniant une énorme barre de fer fraîchement trempée dans le feu, déterminé à faire passer aux aveux le moindre hérétique.

Ce monsieur se fait une petite fortune en assouvissant les fantasmes, nombreux et souvent inavouables de sa prolifique clientèle. Ces fantasmes flirtent allègrement avec le bizarre et le saugrenu. L'un de ses clients réguliers, un *gentleman* de la City, lui donne par exemple une centaine de livres sterling par séance pour être enfermé dans un cabinet de toilette, et qu'on lui glisse des mots obscènes sous la porte. Le client émerge de sa cellule au bout d'une heure, apparemment épanoui.

Parmi ses nombreux accoutrements, allant d'une grosse variété de fouets et cannes en bois à des appareils administrant des chocs électriques intenses (le plus sinistre étant quelque chose que l'on appelle a *violet wand*, une baguette violette, que je n'ai pas encore eu la curiosité voire le courage d'expérimenter), il propose également un jeu de SM, fabriqué par ses soins et qui est une sorte de Monopoly détourné. Deux joueurs (lui et son client) déterminent par des jeux de dés et de cartes la durée et la nature exacte de la punition que ce dernier doit subir... Il m'a confié récemment qu'on lui avait proposé à nouveau un poste dans l'Armée, offre qu'il avait refusée car il se fait nettement plus d'argent dans ce métier. Il vaut mieux d'ailleurs s'y prendre plusieurs semaines en avance pour avoir un rendez-vous, tant son agenda est plein.

Dans le genre taré, en revanche, on ne fait guère mieux que le scénario que j'ai élaboré avec un certain Allan, encore un Britannique, venu à Paris le temps d'un week-end. Allan mesure 1,72 mètre et a une obsession dans la vie : devenir aussi musclé et costaud qu'il le peut. Il avait besoin d'argent pour se procurer des stéroïdes, produits que l'on peut trouver assez facilement dans les salles de gym de nos différentes capitales, mais qui coûtent très cher.

Allan avait l'esprit tordu, son client pas moins. Pour le séjour lui revenait, selon notre accord établi dans un long échange de mails sur Internet, une somme fixe mais il avait en même temps la possibilité d'augmenter ses gains en gagnant des « points » qui récompensaient son comportement, et que je lui attribuais selon mon humeur, en fonction par exemple des compliments ou des faveurs sexuelles qu'il me faisait. Il avait la possibilité à tout moment de troquer ses bons points contre des cadeaux en tout genre. Le moment crucial vint à la fin de notre week-end. Allan avait accumulé un nombre important de points, et trouve le dernier soir, dimanche, une lettre à son intention lui faisant la proposition de participer en exclusivité à une tombola : troquer tous les points accumulés contre la possibilité de gagner une somme importante, à savoir l'intégralité de ce que j'avais gagné en un mois de conventions.

Pour ceci il devait tirer une enveloppe parmi trois, l'une contenant un coupon pour le gros lot, les autres des coupons pour des sommes nettement inférieures. À la fin du tirage, je devais évidemment ouvrir toutes les enveloppes afin de lui prouver que le jeu n'était pas truqué…

On commence à ressentir un véritable suspense tous les deux, d'autant que je n'ai pas énormément d'argent et que j'ai besoin moi aussi de la somme. Si ceci n'avait pas été le cas, inutile de dire que le scénario n'aurait pas été aussi juteux !

Allan tient les trois enveloppes dans la main.

Il me regarde. L'intensité du moment est absolument parfaite, sexuellement très captivante, et totalement inexplicable. Allan est assez ému par la situation, et prend son temps, tâtant les trois enveloppes rigoureusement similaires. Il feint de se décider pour l'une, puis change d'avis, et me regarde. On est tous les deux complètement obnubilés par le jeu. C'est l'un des moments les plus captivants que j'ai vécus dans ma longue carrière de sexualité ludique.

Il finit par arrêter son choix. Il jette les deux autres enveloppes par terre. « Je pense que j'ai de la chance aujourd'hui », dit-il. Il commence à déchirer l'enveloppe. Il me regarde une seconde. L'excitation est telle que je jouis intensément. Ouf ! Il a ouvert l'une des deux enveloppes bidon. Reste à lui démontrer en ouvrant les autres qu'il aurait vraiment pu gagner. J'étais extraordinairement soulagé, lui extraordinairement frustré. Tous les deux extraordinairement excités.

Déçu, Allan repartit à Londres néanmoins très enthousiaste à l'idée de revenir essayer à nouveau. On le comprend. Je ne serais pas étonné si, pendant qu'il sirotait son champagne alors que l'Eurostar entrait dans le tunnel sous la Manche, il méditait un proverbe anglais : « *A fool and his money are easily parted.* » « On sépare aisément un idiot de son argent. »

Toi

Et cette photo de toi, elle est toujours dans ce moulin, un endroit qui sent désormais un peu le vide. Elle est là, peut-être même, à l'exclusion d'autres photos...

« Il est difficile de se battre contre les malades et les défunts », m'a-t-on dit une fois.

« De toute façon, Alex, tu es seulement capable d'aimer les gens en train de mourir ! » m'a reproché un autre homme au terme d'une relation qui se voulait passionnelle dans le East End de Londres. Je l'ai d'ailleurs remercié vivement d'avoir prononcé cette phrase puisqu'elle m'a permis de faire ce que j'aurais dû faire des mois auparavant : mes valises, sortir une bonne fois pour toutes de son appartement avec son chat qui puait et sa douche, encore une, qui ne marchait pas, et le quitter pour de bon...

Cependant, il n'avait peut-être pas tort.

Internet

Pour avoir recours à une expression française désuète à souhait, pour les pervers, qu'ils soient apprentis ou accomplis et en quête de nouvelles expériences, Internet c'est du *pain bénit* ! Dès l'apparition des premiers sites gay, je m'y suis précipité afin de trouver des partenaires pour toutes sortes de jeux et de scénarii. Si ce n'était pas difficile à l'époque, ça l'est encore moins aujourd'hui vu le nombre de sites spécialisés dans le hard et le monde du cuir SM. Au moment où j'écris ces lignes, il y a pas moins de 439 145 abonnés sur un site comme *worldleathermen* spécialisé dans le *hard*. À part l'immédiateté et la profusion de l'offre, c'est également rassurant de voir qu'on n'est pas le seul taré au monde !

Ces lieux de rencontres augmentent de façon spectaculaire la possibilité de tomber sur des gens qui partagent ses propres fantasmes. Ce qui est souvent plus excitant encore, c'est justement de rentrer en contact avec ceux qui proposent quelque chose de nouveau et qu'on n'a jamais essayé. La plupart des dialogues sur ce genre de sites sont de l'ordre purement fantasmatique et à peine 10 % des scénarios passent, d'après mon expérience et ce qu'on m'en a dit, à la réalité. Lorsqu'on tombe en revanche sur quelqu'un avec lequel on a un vrai déclic, le dialogue peut devenir de plus en plus prenant, le contenu des conversations de plus en plus poussé et l'envie d'un vrai *trip* de plus en plus irrésistible.

Depuis dix ans que j'ai des profils sur de nombreux sites Internet j'ai pu me retrouver dans des configurations fantasmatiques pour le moins pittoresques. Parmi les images qui reviennent spontanément en mémoire, à titre d'exemple, je me revois, en vrac...

paniqué, privé de pantalon et errant sous la pluie à 5 heures du matin dans un dépôt du port d'Anvers essayant de retrouver mes habits subtilisés par un psycho-sadique flamand...

transpirant à grosses gouttes, dégustant des *cucumber sandwiches* au Ritz de Londres, le tout accompagné de musique de harpe, ma sudation excessive étant due au fait qu'en dessous de mon costume cravate j'avais reçu l'ordre, par mon compagnon de High-Tea, de mettre une combinaison intégrale de latex noir...

écœuré, avec un *leathermaster* introduisant dans ma bouche à l'aide de ses gants en cuir noir d'innombrables morceaux de guimauve, l'aliment que je déteste le plus au monde, le mélange visqueux et repoussant rendu plus savoureux encore par la fumée de cigare qu'il y introduisait en me roulant de grosses pelles...

traqué par deux skinheads hongrois dans un bois donnant sur une aire d'autoroute aux abords de Budapest ou encore...

emballé et totalement enveloppé dans des bâches en plastique par 38° lors de la grande canicule dans mon appartement à Paris, avec un jeune Beur que les odeurs corporelles faisaient « triquer grave » et qui introduisait toutes sortes de trompes et de sondes à proximité des parties les plus odorantes de mon anatomie moite…

Si bien que lorsqu'un Américain récemment en visite à Paris a eu la gentillesse de me proposer que l'on fasse un plan « cambriolage » et qu'il m'enferme dans une camisole de cuir pour une séance de contrôle respiratoire, j'ai pu lui répondre avec la meilleure bonne foi du monde, en ayant recours à une expression bien de chez lui : « *Been there, done that !* », déjà été, déjà fait ! En effet, toutes les configurations sont possibles sur ces sites, à un rythme aussi frénétique que démesuré. Pour adapter une autre expression chère aux touristes américains, « *it's Thursday so it must be Belgium* ». Nous, nous sommes samedi, allons-y pour la momification sous cellophane !

En revanche, les trips sur Internet ne se déroulent pas toujours comme on aurait souhaité. Même avec une préparation intense et méticuleuse, comme dans toutes les affaires de ce bas monde, il y a des moments où cela ne marche pas. Parfois il y a même des ratés spectaculaires.

Prenez le cas d'un Norvégien, Knut, féru de latex et de cagoules qui se définissait dans son profil comme un « dominateur psycho-sexuel » ce qui était évidemment très prometteur. Nos dialogues ont été assez intenses dès le départ d'autant qu'il avait l'intention pendant l'été de parcourir l'Hexagone en moto. Son trip était de jouer sur les peurs secrètes de ses partenaires. Il aimait bien les exploiter pour accroître son sentiment de puissance à leur égard... Bref, j'étais visiblement tombé sur un illuminé de première, et il fallait concevoir le plan pour tirer la meilleure partie de nos deux folies.

Knut m'a interrogé longuement sur mes psychoses les plus secrètes. C'était à l'époque où je passais pas mal de temps à décorer mon nouveau moulin. La propriété a l'énorme avantage d'être totalement isolée, une qualité appréciable lorsqu'il s'agit d'y passer des soirées entre amis ou de faire des plans *cuir* à plusieurs dans les granges et autres dépendances. Elle a en revanche des allures plus angoissantes lorsqu'on est amené, comme c'était souvent mon cas, à y dormir seul. C'est d'autant plus flippant que l'endroit est cohabité par ce que l'on pourrait qualifier d'une certaine *présence bienveillante* en la personne de Mme Pierre de Villeneuve, ancienne propriétaire du lieu et chevalière de renom. Madame ne voyait visiblement pas pourquoi le simple fait d'avoir quitté le monde des vivants depuis au moins un demi-siècle l'empêcherait en quoi que ce soit de continuer à exercer son autorité sur sa demeure préférée. La nuit il suffisait de quelques craquements dans le plafond ou d'un petit souffle de vent dans le toit pour que je saute précipitamment du lit au grand énervement de ma chienne nettement moins sensible à ce type de phénomènes que son maître survolté. Elle m'accompagnait néanmoins vers la chambre d'amis en bas. Je disposais un couteau à pain à côté de mon lit, un œil rivé anxieusement sur la porte.

J'avais raconté cette angoisse, parmi d'autres, à notre ami psycho-sadique qui y trouva évidemment une source d'inspiration. Nous avons rapidement écarté l'idée selon laquelle il aurait pu me surprendre au milieu de la nuit, déguisé en chevalière des années 1930 – même entre pervertis un peu tarés il y a tout de même des limites – pour ensuite creuser quelques autres pistes plus prometteuses.

À force de fouiller dans mes angoisses secrètes enfouies depuis l'enfance, j'avais fini par lui confier ma hantise, petit garçon, de me retrouver tout seul et d'être enlevé par des extraterrestres. Sans doute mon obsession pour *Doctor Who* et autres séries de ma jeunesse y était pour beaucoup. Même aujourd'hui, lorsque je me retrouve seul dans un endroit trop confiné à mon goût, tel un bois, sans possibilité immédiate de retrouver un espace à ciel ouvert, il arrive que le silence du lieu devienne horriblement pesant et lourd et je peux, même adulte, commencer à transpirer, le cœur battant la chamade, persuadé que je ne suis pas seul…

Le trip commençait à nous paraître réalisable et ne manquait pas de peps. Nous n'étions tout de même pas trop atteints pour ne pas lui trouver un certain aspect ubuesque, mais le côté ridicule de tel ou tel scénario n'a jamais constitué un frein à sa réalisation, du moins en ce qui me concerne. C'est ainsi que nous sommes convenus que Knut arriverait à moto un soir d'été, qu'il se changerait en combinaison de latex intégrale dans l'entrée du jardin, coiffé d'un masque façon E.T. aussi angoissant que possible. Tout ceci pour venir au moment où je regardais France 3 le soir, m'observer à travers la porte avant d'y frapper de façon menaçante. Au programme, pour la suite, une délirante partie de cache-cache dans la maison avec comme final l'inévitable viol commis par mon maléfique intrus. Nous avons fixé la date, l'heure et me voici, un œil rivé sur Christine Ockrent, l'autre guettant son arrivée…

L'ennui c'est que notre ami extraterrestre s'est trompé de maison.

Je bénis jusqu'à ce jour le sort qui a voulu que mes voisins, un couple d'aimables agriculteurs beaucerons qui m'avaient toujours ouvert leur maison, ainsi que leurs cœurs, avec une très grande gentillesse aient choisi cette semaine d'aller rendre visite à leur belle-fille à Tours. Dieu merci, ils étaient absents le soir où cet énergumène est venu leur rendre une visite aussi inconcevable. Les petits chemins départementaux de la Beauce avaient hélas constitué un défi plus difficile que la traversée des galaxies et notre Knut a réussi à se perdre à plusieurs reprises. Après réception de plusieurs SMS désespérés, je me suis résolu à aller le chercher moi-même en voiture. Je l'ai localisé sur le parking du Super U, ce qui a quelque peu coupé court à nos projets. Ceci ne nous a pas empêchés de passer un moment que l'on pourrait qualifier de « plus orthodoxe » ensemble.

Pour finir, j'ai eu parfois sacrément peur. Ce fut notamment le cas avec un dénommé LthrMuscltop, c'est du moins le pseudo qu'il utilisait sur le site internet spécialisé dans les rapports sadomasochistes où je l'ai rencontré. En dix ans LthrMuscltop est le seul à être rentré complètement dans mes fantasmes les plus cachés. S'il les a si bien compris, c'est certainement parce qu'il les partageait. Il était spécialisé dans ce que l'on appelle en anglais des *Mindfuck*. La traduction la moins élégante en français serait le fait de *baiser l'esprit* à quelqu'un. Il me l'a fait, à fond.

En exploitant les possibilités d'internet de bien connaître son partenaire avant toute rencontre réelle, il m'avait envoyé comme premier exercice un formulaire. Ce document consistait en une longue liste de questions concernant mes préférences sexuelles, mes goûts, mes fantasmes, l'étendue de ma garde-robe fétichiste, mon CV affectif jusqu'à ce jour et les attentes que j'avais à l'égard de notre rencontre. Il y avait une section plus intimiste encore qui touchait davantage aux aspects psychologiques.

Le tout était tellement bien préparé, rédigé à la manière de n'importe quel papier administratif avec tous ses aspects bureaucratiques, tatillons et tracassiers que je fus immédiatement scotché. Je mis une journée entière à remplir toutes les cases avant d'attacher le tout à un mail et avec un seul clic de confier *via* le cyberespace à un total inconnu les détails de mes fantasmes secrets. C'était jouissif et déjà un grand acte libérateur.

Tout le week-end était comme un remake en direct *d'American Psycho*. LthrMuscltop était acteur et improvisait à merveille toutes sortes de scénarii devant son unique spectateur immobile certes, car attaché à une chaise, mais néanmoins époustouflé par la qualité de ce one-man-show. Le summum du trip a été atteint, de façon inattendue, le dimanche après-midi et c'est le moment qui me laisse un souvenir impérissable.

Vers 14 h 30, après des sushis, il m'annonça qu'il allait m'attacher à nouveau sur la chaise. Cette fois-ci, il abaissa mon pantalon autour de mes bottes, sans toucher à ma chemise, de façon à ce que je sois complètement exposé là où, en tant qu'homme, l'on se sent le plus vulnérable. J'avais remarqué que, parmi les nombreux objets dans sa valise, il avait déjà sorti une boîte en tupperware qu'il avait posée, sans que j'y prête plus d'attention, sur le rebord de la fenêtre…

Parmi les questions sur le formulaire que j'avais rempli, il y avait tout un encadré réservé à la liste des phobies. J'en avais détaillé une dizaine dont évidemment quelques-unes des plus classiques, notamment celle des araignées. La boîte en tupperware était opaque, mais suffisamment transparente pour que l'on puisse se faire une vague idée de son contenu.

Tout d'un coup il se dirigea vers la boîte dans laquelle je distinguais une forme quelque peu sombre et nébuleuse. Il en ouvrit le couvercle… Il revint ensuite vers moi et me mit un bandeau sur les yeux.

Le silence.

Je me sentais observé. Je n'avais certainement pas tort. Je ne bougeais pas. Quand bien même je l'aurais voulu, je me rendis à nouveau compte que j'étais totalement immobilisé. J'étais curieux de savoir ce qui allait se passer. Je ne fus pas déçu du voyage car après quelques minutes j'entendis le bruit de ses bottes se diriger vers la porte, qui claqua derrière lui quelques secondes après.

L'idée même qu'il aurait pu transporter une mygale dans son bagage était grotesque. Au début de son absence, je m'ennuyais un peu et suis ravi de constater que, même dans ma démence, je voyais le ridicule de la situation. Je commençais pendant un moment à trouver le temps franchement longuet.

Petit à petit, tout seul dans mes pensées, et à force de réfléchir, je perdis la notion du temps... Il était déjà parti il y a dix minutes ? une demi-heure ? Privé de deux fonctions si étroitement associées à la vie réelle, la vue et la mobilité, et avec la notion de l'heure qui commençait à se dissiper, c'est étonnant de constater à quel point l'esprit, libéré, commence à dériver...

Au début, mes pensées se consacrèrent très rarement à ma nouvelle copine aux pattes velues, accroupie dans sa triste et solitaire demeure en plastique. Petit à petit, en revanche, et sans que je m'en aperçoive au début, une infime incertitude commença à s'installer dans ma tête et du coup, l'araignée se permit de faire un tout premier pas hésitant sur les fibres de la toile qui la reliait, de loin, à mon imagination...

Avec le temps cette incertitude grandit tout comme l'insecte qui s'avançait petit à petit, si bien qu'une heure ? après le départ de LthrMuscltop, dans le silence et dans le noir total, et surtout sans pouvoir bouger d'un poil, je me sentais non seulement très vulnérable, mais j'avais un doute plus que sérieux. Étais-je tombé sur un vrai taré ? Allait-il revenir ? Était-ce un frisson dû au froid ou le chatouillement d'une petite patte sur la peau de ma cheville en haut de mes chaussettes ?

C'est pour cela que LthrMuscltop est sans doute le meilleur *mindfucker* que j'aie jamais connu. Il a parfaitement réussi à donner vie à cette arachnide dans ma tête. La moindre sensation sur mon corps était passée au crible. Quasi absente de mes pensées au moment où il me quitte, l'araignée devint réelle, obsessionnelle. Elle me contemplait de ses multiples yeux. Si bien que je commençais à sursauter de manière spontanée. Je sentis les premières gouttes de sueur dans mon dos. Je crois même pouvoir dire que je pleurais, me sentant soudain tout seul et stupide sur ma chaise...

Au moment où, enfin, infiniment soulagé, j'entendis la clef à nouveau dans la serrure et où, quelques instants après, il vint s'asseoir sur mes genoux et qu'il m'enleva le bandeau, je l'embrassais aussi profondément que je n'ai jamais embrassé un homme, ravi qu'il m'ait libéré de la prison de mes pensées les plus hallucinantes.

Je n'ai jamais vécu un week-end aussi étrange, j'ai même pleuré en lui disant au revoir à Roissy. Deux personnes ayant assouvi des fantasmes secrets, étranges, nourris depuis leur plus tendre enfance et qui se sont retrouvés le temps d'un week-end à Paris au mois de mars. On s'est quittés, sachant que cela ne servait strictement à rien de se revoir, mais avec une sorte de béatitude émanant de la synergie et de l'assouvissement de deux désirs complémentaires.

LthrMuscltop est le seul qui ait pu entrer si profondément dans la psyché de ce petit garçon apeuré, mais fasciné, guettant Patrick derrière les cabanes de vélos. Et pour la première fois, tout d'un coup ces fantasmes d'antan ne se vivaient plus à la troisième personne. Tel un *nemesis*, Patrick était revenu, et cette fois-ci il était revenu uniquement pour moi. Au risque de choquer, je peux même dire que j'ai ressenti ces actes presque comme un geste d'amour...

Toi

Je suis dans un Hyatt ou dans un Hilton, dans un Sofitel ou au Marriott, un Novotel ou un Ibis. Apparemment, dans la chambre 417.

En revanche, je sais que je suis à Lisbonne car avant de fermer les rideaux je vois le Christ veiller sur nous. Il est 23 h 40 et je mange du chocolat à côté du lit, zappant sur la fermeture du Dow Jones et mille autres *news* urgentes flashées en direct sur un écran schizophrène à la Bloomberg…

J'éteins la télé, me brosse les dents, me regarde dans la glace puis je laisse, comme convenu, la porte entrouverte. Il est désormais 23 h 55. J'éteins la lumière et je me mets tout nu sous la couette. Je ne dors pas.

Cinq minutes plus tard j'entends la porte s'ouvrir et puis, après l'infime intrusion de la lumière du couloir, elle se referme. Je l'entends entrer doucement, puis petit à petit se défaire de ses vêtements. J'entends la ceinture tomber par terre, et sa respiration un peu haletante.

Doucement il se glisse dans le lit avec moi, dans le noir le plus total. Je le sens, nous nous embrassons fougueusement, désespérément, comme si ce soir était la dernière fois que nous allions faire l'amour. Il me touche, je le caresse. Je sens sa peau, je l'imagine beau, je l'étreins encore plus fort, il m'aime et je l'adore.

Il s'en va comme il est venu. C'était parfait.

C'est presque comme cela que je t'aurais fait l'amour, un jour, s'il n'y avait pas eu ta maladie. Presque…

Berlin

Et ainsi je décidais par une belle journée d'été de l'antépénultième année de ma cinquantième décennie sur terre de jeter mon dévolu une bonne fois pour toutes sur la vrombissante métropole qu'est redevenue, une fois de plus, la capitale de l'Allemagne.

J'aime Berlin. J'aime prendre la ligne numéro 2 de la U-Bahn, la même que j'avais prise en 1987 pour aller passer une journée à l'Est. Passeport sous ma chemise, serré à même la peau, je frissonnais lorsque j'entendais une voix stridente annoncer : « Kochstrasse, dernière station de l'Ouest ! » avant de transiter vers le poste frontière qu'était à l'époque Friedrichstrasse. C'était rare de croiser le regard des *Ossis*, lorsqu'on venait faire du tourisme, chez eux, dans la quatrième dimension de cette idéologie moribonde. J'aimerais bien dire que j'avais discerné dans leurs yeux quelques lueurs laissant présager à quelle vitesse tout allait bientôt s'écrouler. S'ils le savaient en tout cas, ce n'est pas à moi qu'ils l'ont montré.

Aujourd'hui, vingt ans après, je vis moi-même à l'Est dans Prenzlauer Berg, le quartier le plus tendance de cette ville presque cicatrisée. Si j'ai des velléités de temps en temps de prendre la même ligne dans l'autre sens, c'est pour aller là-bas, *drüben*, retrouver quelques *Wessis* dans leurs bars cuir un peu ringards. C'est peut-être parce que je les connais mieux, mais là je n'ai aucun mal à percevoir dans leurs regards, du moins ceux que je croise encore, une certaine nostalgie à l'égard d'un univers cuir qui, lui aussi, ne sera peut-être plus là encore longtemps...

J'aime mon quartier, j'aime ses supermarchés bio, ses tournesols, ses magasins de massage ayurvédique. J'aime les guêpes qui se ruent sur les fruits frais de mon petit déjeuner servi à 4 heures de l'après-midi. J'aime les énormes portes d'entrée de leurs immeubles. J'aime les braguettes doubles de leurs ouvriers, j'aime les bougies qu'ils allument en pleine journée et j'aime surtout les couchers de soleil qui éclairent, pendant des heures et des heures, l'immensité bétonnière du Alexanderplatz...

Il y a quelque chose de pas compliqué que j'affectionne chez les Allemands, une franchise dont la plus simple expression est leur langue. Un avion est une chose qui vole, *Flugzeug*, un briquet une chose qui donne du feu, *Feuerzeug*, une voiture une chose qui voyage, *Fahrzeug*. Dans mon quartier, qui est certes un peu gay mais qui a également le plus fort taux de fécondité de toute l'Allemagne, les nombreux *Prenzlberger Babies* dévorent leur barbe à papa, que les Allemands appellent de façon plus prosaïque, mais néanmoins jolie, *Zuckerwatte*, de la ouate sucrée. Puis, au moins, ils sont lucides devant les qualités de leurs nombreuses fanfares folkloriques, trompettes et compagnie qu'ils appellent, sans fioriture, *Blasmusik*, de la musique soufflée.

Nous nous évertuons, Français et Anglais, à rendre la vie plus sophistiquée, plus évanescente, en nous éloignant du côté par trop brut de la vie réelle. Cela n'est pas toujours le cas outre-Rhin. Le meilleur exemple qui me vienne à l'esprit n'est pas très seyant, mais c'est la plus parfaite illustration que je puisse trouver : le mot diarrhée... Nous faisons tout en français et en anglais pour l'éloigner de la réalité peu commode qu'il véhicule. Je ne connais que très peu de Britanniques capables à brûle-pourpoint d'épeler correctement *diarrhoea*, qui est une abomination au niveau orthographique, même pour ma propre langue maternelle qui en propose tant. Nos amis allemands ne s'embarrassent pas de ces scrupules. Ils se contentent de désigner cette mésaventure gastrique dans les termes les plus exacts : *Durchfall*, littéralement ce qui « tombe à travers ».

Comment ne pas se réjouir devant l'étonnante symphonie phonétique jouée à chaque coin de rue ? D'abord il y a ces effets de percussion étonnants lorsqu'on sait que l'allemand est la seule langue en Europe qui ose mettre en voisinage proche les lettres *p* et *f*, comme au début du mot cheval : *Pferd*. Non content de ce *pizzicato* un peu espiègle, ne faut-il pas que la percussion enchaîne sur une *cadenza* des plus discordantes, digne de Stockhausen, en alignant deux fois de suite ce phonème incongru dans un seul et même mot : « obligation de vaccination », « *Impfpflicht* » !

J'aime ce peuple qui a consacré beaucoup de temps et d'énergie, lors d'une récente réforme de l'orthographe, à une longue polémique sur la nécessité de faire tomber l'un des *f* du mot « voyage en bateau » Ce mot résulte de l'adjonction de *Fahrt*, voyage, au bout de *Schiff*, navire, mariage qui jusque-là avait toujours accouché, selon la logique, de *Schifffahrt*. La directive imposant l'élimination de l'un des trois « f » provoquait chez certains citoyens le même genre d'effroi que l'on voit dans leur regard si jamais l'on essaie de traverser une rue où il n'y a aucune voiture à perte de vue, alors que le feu au passage piéton est au *rouge*...

Il y a également un certain pragmatisme désarmant devant les grands impondérables de la vie humaine. Dans la rue à côté de chez moi il y a un magasin de Pompes Funèbres qui porte le nom assez intraitable de *Sarg Discount*, « cercueils discount ». Dans d'autres pays les vendeurs proposeraient leurs bonnes affaires mortuaires de façon plus discrète et sans doute sur un ton quelque peu peiné. Ici, au contraire, cela a le mérite d'être affiché au grand jour.

Il en est de même pour leur approche du sexe. Berlin ne lésine pas sur les boîtes gay spécialisées dans toutes sortes de rencontres, allant du plus soft au plus hard. Contrairement à ce que je pensais, ce n'est pas le côté cuir qui me fait rester ici. Leur approche du SM pur et simple me semble parfois trop brute. Un leathertop berlinois vient dans une backroom et vous saisit les tétons tout de go. Pour le perverti un peu plus fleur bleu que je suis, cela manque du nécessaire élément cérébral. Cela fait mal, à défaut de faire bander.

L'énergie sexuelle est néanmoins palpable dans la rue ici. Cette frénésie me rappelle ce que j'y avais déjà ressenti dans les années 1980. J'étais hébergé par des gens visiblement très excités à l'idée de sortir en boîte – un mardi soir ! – ce que je n'avais jamais vu ailleurs. Lorsqu'on vit encerclé par un mur, cela libère l'esprit, l'âme et la libido, et pas forcément dans cet ordre.

Il y a une boîte qui sort de l'ordinaire, même dans ce contexte de jouissance assez éclatée. Cela s'appelle *laboratory*. Elle est située dans une ancienne centrale électrique à l'est de la ville, une énorme bâtisse qui du temps du régime communiste fournissait du courant à l'immense et imposante Karl Marx Allee. L'essentiel du bâtiment industriel est aujourd'hui une vrombrissante boîte techno pour les *ravers* du week-end. Laboratory se trouve juste à côté, dans les sous-sols.

Déjà l'accès à l'immeuble constitue un premier conditionnement. Pour y arriver il faut traverser un ensemble d'entrepôts vides aussi dépourvus d'hospitalité que d'éclairage. Par la suite l'on émerge au milieu d'un vaste terrain vague jouxtant, au loin, un parking certes multi-étages mais néanmoins totalement vide, éclairé de façon aléatoire par quelques néons dont la présence se manifeste davantage par d'étranges sifflements intermittents que par la lumière très aléatoire qu'ils proposent. Surplombant ce paysage crispant à souhait, la sempiternelle grue désœuvrée ainsi que la spirale d'on ne sait quelle église gothique, sans lesquelles l'horizon berlinois perdrait son allure *destroy*.

La désorientation du client est prolongée par le décor à l'intérieur. Une fois franchi la porte, l'endroit est totalement et volontairement dépourvu de toute référence à la vie extérieure. Aucune pendule, aucune glace. Les quelques éléments de meubles, des lits en fer, quelques vieux canapés sombres, des pneus, de gros blocs de béton et quelques pierres tombales sont régulièrement déplacés de façon à ce que le décor ne soit jamais pareil, même pour les habitués. Il y a une dizaine de pièces et d'espaces qui constituent une sorte de labyrinthe, certaines parties plus sombres que d'autres, le tout éclairé à la bougie et rythmé par une musique *house* lancinante et obsessionnelle.

Au-dessus du bar d'innombrables cadrans, des volt-amp-et thermomètres, avec des tuyaux, des cordons et des branchements dont on se dit, une fois tout cela connecté, qu'il y a de quoi faire sauter l'immeuble. Ils l'ont peut-être gardé comme une métaphore implicite des soirées actuelles. En tout cas dans une ambiance aussi incitative, le client est libre de ne penser qu'à une seule et unique chose, pour le cas très peu probable où il aurait oublié la raison pour laquelle il est venu.

Comme son nom l'indique, l'endroit a été conçu comme un véritable laboratoire d'expériences sexuelles. Les soirées sont organisées selon un agenda indiqué sur place et sur internet. On refuse systématiquement l'entrée à tous ceux qui ne suivent pas la thématique du jour…

La plus simple, une fois par semaine, est la soirée « *nackt* », tout nu. On arrive et l'on se déshabille sur quelques bancs disposés à l'entrée. On met l'intégralité de ses vêtements, à l'exception de ses bottes, dans un grand sac-poubelle qui est échangé contre un numéro qui sert pour la commande des boissons. C'est primordial, rudimentaire et… efficace.

Parmi les soirées « classiques » il y a celles réservées aux adeptes du *fisting*, des odeurs de baskets, de la pisse et même aux fétichistes du costume cravate. Une fois par mois c'est le tour des amateurs de *pumping*, chacun apportant ses appareils destinés à augmenter le volume et du coup la sensibilité non seulement de ses propres tétons et testicules, mais aussi ceux de tout autre candidat se portant volontaire. La soirée caoutchouc est particulièrement réussie, avec une centaine d'androïdes, masqués et recouverts de la tête aux pieds en latex noir, circulant de pièce en pièce tels de lugubres robots programmés pour éradiquer systématiquement toute manifestation d'affectivité incompatible avec l'inaliénable *diktat* de la démarche copulatrice.

Ce sont néanmoins les soirées un peu plus inattendues qui font vraiment la spécificité du lieu. De temps en temps il y a ce qui est appelé, en anglais dans leur programme, le *Filthy Farm*, la ferme crasseuse. Le sol de la boîte est recouvert de paille et de foin. Les clients sont invités à venir habillés comme des paysans lubriques, ce qui donne lieu à quelques interprétations pour le moins pittoresques. Il y a également des soirées égout, où la boîte entière est plongée dans l'obscurité la plus totale et où l'on fournit à chaque client une petite lampe rouge clignotante. Chacun doit l'attacher à son front afin d'explorer les parties les plus secrètes et obscures du lieu, si ce n'est celles d'éventuels partenaires croisés dans la pénombre.

La soirée que je trouve la plus intéressante est la *Mud Party*, la fête de la boue. Elle est proposée seulement une fois tous les trois mois pour des raisons évidentes de logistique et de nettoyage. Au milieu de la boîte sont installées deux énormes piscines contenant une sorte d'argile verdâtre artificielle. J'avais imaginé, assez naïvement, que les gens y allaient tout nus. Pas du tout. Lors de ma première visite à cette soirée, il y avait quelque deux cents personnes habillées dans tous les styles imaginables. Quelques-uns étaient en slip, d'autres en jeans, d'autres en pantalon treillis ou latex et, plus intéressant encore, quelques-uns en costume cravate. Il y en avait même un qui me fascinait, un bel homme distingué habillé de la tête aux pieds en blanc : du nœud papillon, chemises, gilet, veste, pantalon, jusqu'aux chaussures.

Dans une première phase qui dure au moins une heure, tout le monde attend patiemment autour des immenses baignoires. Quelques personnes sont assises. Tout le monde se regarde, dans l'expectative. Vient alors le moment où une première personne introduit sa botte dans la boue. Plouf ! Plusieurs se mettent alors sur le bord et les gens se regardent, se guettent. Doucement les premières poignées de boue commencent à voler, et puis vlan ! une personne, puis deux plongent...

J'ai un peu hésité, pris par une certaine timidité qui frôlait sans doute la répugnance. C'est l'homme tout en blanc qui m'a poussé une bonne fois pour toutes dans le marasme. Du coup je l'ai tiré vers moi et pris un énorme plaisir à le barbouiller. Ensuite, à deux, à trois, à quinze... On rampe, on se frotte, on glisse, on sombre, on patauge, et surtout on s'en met autant que possible sur les vêtements, sur la peau, sur le visage, sur les cheveux. On est entièrement recouvert de boue et une fois qu'on est dedans on n'a qu'une envie, entraîner un maximum d'autres dans ce délicieux délire dépravé.

J'ai constaté une chose assez intéressante au fur et à mesure que la soirée avançait. Nous étions tous regroupés vers 3 heures du matin, totalement grotesques autour du bar, comme autant de figurants d'un mauvais remake du *Thriller* de Michael Jackson. Certains discutaient, d'autres se vautraient encore. Il y avait un couple d'énormes *bears*, le haut complètement momifié par l'argile séchée, le bas trempé irrémédiablement dans le magma et qui se tenaient la main, visiblement sereins, épanouis et amoureux tous les deux. Et là, tout d'un coup, si l'on écoute, au-delà de la musique qui devient de plus en plus douce, l'on peut remarquer quelque chose d'assez étonnant...

Autant les soirées *fist* sont des événements totalement axés sur l'individu où chacun prend son pied selon ses propres références (spirituelles parfois selon plusieurs adeptes qui m'en parlent), ici, enchevêtrés les uns sur les autres dans notre bain collectif, il y a comme une espèce de fraternité que je n'avais jamais vue ailleurs. La boue fait le lien, détruit le masque, elle met en échec tous les codes vestimentaires, même les plus éclectiques et discriminatoires des fétichismes du monde gay. D'ailleurs les gens restent plus longtemps que d'habitude dans la boîte. Serait-ce comme une nostalgie tribale d'une communauté perdue ? L'un des vigiles m'a dit que les pourboires étaient toujours plus généreux ces soirs-là. Parce que les participants se sont libérés ? Parce qu'ils se sont déculpabilisés ? Parce qu'ils sont enfin apaisés ? En tout cas, des douches communales sont mises à disposition de la clientèle et l'endroit est passé au karcher pendant trois jours. Il faut compter une bonne demi-heure pour enlever toute la boue de son corps, de ses cheveux, de sa bouche. J'en ai même trouvé à l'intérieur de mes oreilles quatre jours après la soirée.

Ce même vigile m'a également parlé de la réaction des clients lorsqu'ils quittent le laboratory. Avec l'homme chargé des vestiaires ils s'amusent à faire un jeu sur le thème : « *Joui ou pas joui ?* » On voit sur le visage de ceux qui n'ont rien trouvé quelque chose que l'on pourrait appeler de la cruauté à l'état pur. Ceux qui se sont éclatés s'en vont évidemment radieux mais souvent, me fait remarquer le portier, avec une certaine mélancolie dans les yeux, comme s'ils étaient venus chercher autre chose, sans même le savoir.

En sortant du laboratory je suis de plus en plus fasciné par ce qui se passe dans l'usine à côté. L'immense Berghain, un méga bunker *house* fréquenté tous les samedis soir par quelques milliers de jeunes et pas mal de moins jeunes aussi. Cela ouvre à minuit et continue jusqu'à tard dans l'après-midi du dimanche. Je me surprends à faire la queue entouré par un mélange qui jusqu'à très récemment m'aurait paru totalement incongru de jeunes garçons et filles s'envoyant des SMS, et de gays de toutes les communautés, regroupés et parfois grelottant dans le froid de l'hiver berlinois. Une fois dedans il ne faut pas brancher les voltmètres pour voir que la plupart des cerveaux de cette masse métrosexuelle turbinent à toutes sortes de substances électrifiantes.

Je cherche le coin gay près des énormes baffles au deuxième étage. Je suis un peu nerveux, j'enlève ma chemise comme tout le monde et je suis happé par la musique assourdissante. Cette fois-ci c'est vraiment moi qui perds tous mes repères. C'est la confusion totale dans cette profusion de sexualités ambiguës. Qui est gay ? Qui est hétéro ? Est-ce que tout cela peut bien avoir un sens encore ? Comment voulez-vous de toute façon qu'il en soit autrement dans un pays où la langue, et là c'est franchement inouï, joue un véritable tour de passe-passe en imposant le même pronom – *sie* – pour désigner à la fois « elle », « vous » et « eux » ?

Elle, vous et eux dansent tous ensemble, à côté de moi, les baffles envoyant de la house et de l'électro, les spots des lumières stroboscopiques et les souffleurs une brume dense et lénifiante. Dans le brouillard je croise les yeux d'un jeune homme blond qui danse et qui s'approche de moi petit et petit. Il me roule des pelles pendant cinq minutes, avant de me quitter et de rejoindre... sa copine ? une amie ? Les réponses, mon ami, pour paraphraser une chanson de Dylan chantée en allemand, eh oui, par Marlene Dietrich, se dissipent dans le brouillard extasiant...

Lorsque j'émerge de la centrale électrique cela fait longtemps que le soleil s'est levé. Ses rayons impudiques inondent déjà le parking vide mais n'arrivent pas à le chauffer. C'est dimanche matin et les cloches de l'église gothique essaient de résonner dans la ouate sucrée dans ma tête. Je m'achète un Currywurst et cherche un taxi...

Et si d'aventure, ce jour-là, certains ont vécu la cruauté à l'état pur, et que l'intégralité de la communauté métrosexuelle de la métropole ait eu l'effronterie de les rejeter et de les abandonner dans la Karl Marx Allee, ils peuvent au moins se consoler en sachant que c'est une fois de plus leur langue qui a trouvé le meilleur mot pour désigner ce qu'ils ressentent. *Mutterseelenallein*, seuls comme dans l'âme de leur mère...

Toi

Et il m'aura fallu tout ce temps, tous ces gadgets, tous ces espoirs, tous ces amants, tous ces accoutrements, tous ces baisers, tous ces refus, tous ces hommes, il m'aura fallu toutes ces caresses, toutes ces perversités, toutes ces nuits, toutes ces solitudes, toutes ces errances, toutes ces étreintes, toutes ces backrooms, et toutes ces jouissances, pour me rendre compte que je me suis servi de toi, que ta maladie était l'excuse parfaite, inextricable, horrible, merveilleuse, époustouflante, divine !

Je te trompais à longueur de temps, tu as fini par faire pareil. On en riait lorsqu'on se retrouvait, au lit après, main dans la main, se racontant nos aventures et nos amants.

Quoi de plus parfait qu'un amour sans risque, baisé grâce à l'impénétrable préservatif de ton sacrosaint virus protecteur ?

Tu as le droit de m'en vouloir.

Brouillage

Lorsque je contemple, à quelques semaines de mes cinquante ans, l'épopée de mes frasques sexuelles, arrive tout d'un coup un flux d'images impromptues, incongrues même, dont j'essaie vaille que vaille d'appréhender et d'interpréter le sens. Laissez-moi fermer les yeux quelques instants...

Quelle horreur ! La première qui arrive est celle du visage du prince Charles, stoïque sous la pluie, au moment où le drapeau britannique se baissait une ultime fois sur le port de Hong Kong. Serait-il temps que le soleil se couche sur mon été indien de sexe effréné ? Tout comme mes compatriotes, m'incombera-t-il désormais de me désengager, élégamment, d'un combat perdu d'avance afin de savourer au cours des heures crépusculaires, dans un état de légère ébriété affective, le souvenir de mes glorieuses conquêtes d'antan ?

Jamais réticent à discerner dans le flux et le reflux de la vie quotidienne des signes d'une portée métaphysique, je suis constamment à l'affût de la moindre métaphore. Tout comme si la Divinité n'avait rien de mieux à faire que de concocter d'ésotériques et impénétrables messages à mon intention. Je pense par exemple à mon dernier séjour à Ibiza.

Après une journée à la plage gay, en rentrant, je me retourne et je vois dans le sable le tracé d'innombrables baskets et chaussures de toutes sortes. Des Nike par-ci, des Adidas par-là. Chaque marque était reconnaissable. Tout d'un coup j'ai été paniqué de constater que mes propres espadrilles, achetées 6 euros la veille, étaient les seules à avoir laissé des empreintes totalement plates et vides.

Les yeux se ferment à nouveau... Je suis dans un énième TGV, Eurostar ou Thalys. Je regarde par la fenêtre. Des paysages instantanés, et tout d'un coup, en une fraction de seconde, une gare passe. Elle m'a l'air sympathique. J'essaie de voir laquelle. Pour une fois cela aurait été agréable de savoir où j'en étais dans le voyage, de connaître un peu mieux ce lieu, de parler avec la dame du Relais H à côté des distributeurs automatiques de billet de la SNCF. Mais non ! J'essaie de lire le nom sur les panneaux. Trop tard. Le tout volatilisé dans le continuum...

Et puis aujourd'hui, à la BBC World Service, leur correspondant à Beyrouth explique qu'il s'était rendu quinze ans auparavant dans cette zone de guerre car on lui avait dit que la meilleure façon de se remettre d'une histoire d'amour ratée, c'était de mettre sa vie en péril. Je l'écoute dans le silence de ma chambre à Berlin, à 6 heures du matin...

Et quelle sera la prochaine étape ?

Une fois de plus je fais ma valise, je voyage *light*. Au fond mon pantalon de cuir taillé sur mesure. Tiens ! je ne l'avais même pas sorti cette fois-ci. Je descends du taxi à l'aéroport de Tegel, et je me pointe devant le panneau annonçant les départs.

Au moment où j'arrive, tous les noms et les numéros commencent à s'effacer, comme un vol de mille papillons électriques, hystériques. Je patiente. Nos départs imminents, *meine Damen und Herren,* sont pixellisés, scrabellisés en direct...

Du coup, désireux d'avoir des informations sur ma prochaine destination, je ferme les yeux. Quelle ville viendra s'afficher sur mon tableau d'affichage personnel ? Brouillage. Même mosaïque. Voyelles ou consonnes ? Je mets toutes mes forces à freiner le mouvement, à ralentir le débit insensé des heures, des villes et des compagnies. Et puis tout d'un coup le voici qui arrive : le Jackpot ! Paris CDG !

Pourquoi j'habite depuis vingt-cinq ans, soit la majeure partie de ma vie d'adulte dans une ville que j'aime tant, où j'ai pris mon pied professionnellement, mais où les gens ne partagent visiblement pas mes fantasmes ? Pourquoi je voyage week-end après week-end pour assouvir mes trips ?

Ma carrière d'éminent europhile, ma sexualité, ma vie éclatée, tout cela n'aura été qu'une vaste et fulgurante fuite en avant ?

J'aime Paris pour ses... car...

Je commence quelques phrases pour égrener une énième liste, comme pour les autres villes, histoire de faire acte de symétrie... Pourquoi cette ville, pourquoi elle constamment et sans cesse ? Pourquoi elle inéluctablement ?

L'atterrissage est proche.

Je remonte ma tablette, je redresse le dossier de mon siège et je prends garde à la chute éventuelle d'objets en ouvrant le coffre à bagages. Il n'y a rien, il n'y a pas d'objets. *No items fell out !* Je me fous de la température au sol. Je rentre peut-être pour la première fois de ma vie... chez moi.

DEMAIN

Paradis

Un jour, en réponse à ma dernière prière
Je suis dans un lieu presque privé de lumière
Enfermé, j'avance sous ces voûtes sublimes
Chacun de mes pas me conduisant vers l'ultime
Backroom. Écoutez mon appel *de profundis*
Lieu de superbes et ineffables délices !
Ô, lumière rougeâtre, laisse apercevoir
Cette masse suintante en latex et cuir noir
Et de chair si disponible, tentante et fraîche
Que je palpe, je touche, je suce et je lèche
Au passage une main, un visage inconnu
Que j'attrape et j'embrasse à bouche que veux-tu
Et que nos baisers, nos étreintes et nos caresses
Soient d'une infinie lubricité et tendresse
Faites que de ce silence obscur je m'empreigne
Autour de moi que ça gicle, gémisse et geigne !
Qu'on me batte, frappe, baise, suce et aime
À mort pendant cette dernière orgie suprême
Que mon voisin soit dominateur et tripote
Mon sein droit, tout en se faisant lécher les bottes
Par son esclave, dont la culotte est baissée
Pour qu'un autre top lui inflige la fessée.
Entre-temps en cagoule noire un fétichiste
Enfile un long gant latex avant qu'il ne fiste

L'orifice béant d'un illustre inconnu
Et dont le sling offre au premier venu son cul
Venez nous prendre ! Nous sommes là, qu'on nous encule !
Qu'on nous suce, qu'on nous baise et qu'on éjacule !
Que tous les hommes dans ce lieu se précipitent
Sur nos fesses, sur nos bouches, enfin sur nos bites
Que la jouissance ne vienne jamais à terme
Et que coulent à flots le jus, le foutre et le sperme
Si bien que notre purée se gicle et se crache
Sous l'effet des ecstas, K et G.H.B…
Et soudain là, au milieu de ce tourment
Je l'aperçois qui me regarde, l'homme en blanc.
Il me fixe et petit à petit vient vers moi.
Je l'attendais. Je le regarde, lui tends les bras.
Je l'accueille. Je l'étreins. Enfin je le touche
Et du bout de mes lèvres lui frôle la bouche
Il met sa main dans mes cheveux, il les caresse
Et m'embrasse avec une indicible tendresse
Puis doucement ses doigts se posent sur ma joue
Avant de se fermer sur ma bouche, le tout
Sous son regard intense, calme et silencieux
Je le sais, lui ne me quittera pas des yeux
Inutile de résister, quoi que je fasse
Cette fois-ci il n'y a plus de mot de passe.
Sans cesse il appuie. Il ne me lâchera pas.
Je ferme les yeux et m'emmitoufle dans Toi…

Pourquoi

On peut se demander pourquoi j'ai écrit ce livre.

On peut se demander pourquoi quelqu'un qui avait jusque-là une réputation de journaliste sérieux choisit de dévoiler les détails de sa sexualité pour le moins bizarre. Pour vous dire la vérité, je me suis posé la question, à plusieurs reprises. S'agit-il d'un ultime acte d'auto-masoschisme, une sorte de hara-kiri professionnel ? Quelles peuvent en être les raisons ?

Tout d'abord, je pense que nous autres Anglo-Saxons sommes de toute façon beaucoup plus enthousiastes et habitués à raconter certains détails de nos vies privées que vous, les Latins. *Sex and the City* est drôle, fin même, en anglais. Les mêmes dialogues deviennent, faute de repères culturels similaires, vulgaires en VF. J'adore choquer mes amis français avec le détail de mes exploits sexuels. Souvent, il faut le dire, ils adorent être choqués. Je n'ai jamais compris pourquoi l'on doit jeter un voile sur sa vie sexuelle, à plus forte raison lorsque celle-ci sort un peu de l'ordinaire. Aussi invraisemblable que cela puisse paraître, il y a d'autres aspects de ma vie sur lesquels je fais preuve, en revanche, d'une pudibonderie victorienne. Voilà une première raison.

Débarrassés des préjugés d'antan, de plus en plus d'hétérosexuels sont fascinés par le monde des gays. Fascinés et parfois jaloux. Pour la première fois de ma vie j'ai quelques rares mais réelles amitiés avec des hétérosexuels de mon propre sexe à qui je peux parler d'homme à homme de nos désirs et de la façon dont nous les réalisons, d'un côté comme de l'autre. Mes amies hétérosexuelles ont toujours été fascinées par ce que nous nous autorisons au nom de nos fantasmes qui sont parfois, mais pas toujours, assez proches des leurs. Certains, certaines m'ont dit que je devais écrire tout cela un jour dans un livre. C'est de leur faute donc !

Il n'y a pas que les hétérosexuels que j'aime étonner. Même si les pratiques que je partage sont infiniment plus répandues que ce que l'on pourrait supposer, j'insiste, avant de me faire assassiner par la « communauté » que mes fantasmes tendance SM cérébral, tels que ce livre en a donné un petit aperçu, sont clairement à l'ouest, à l'extrême ouest même, par rapport à ceux de la plupart des homosexuels. Si mes expériences SM sont loin d'être partagées par d'autres gays, la requête obsessionnelle de sexe et de nouveauté affective me paraît en revanche nettement plus dans la norme. Cela est une autre raison.

J'ai parlé du décès de mon ami parce que je voulais raconter son histoire. Cela fait treize ans qu'il n'est plus là, et si je ne raconte pas la façon dont il a transformé non seulement sa vie, mais celle de dizaines d'autres, personne ne le fera. J'en parle aussi parce que j'ai eu l'énorme chance, à force de toujours pratiquer le *safe sex*, de passer pour le moment à côté de ce lugubre fléau qui m'a néanmoins atteint là où je l'attendais sans doute le moins, dans ma vie amoureuse. On ne saurait de toute façon écrire un livre qui a pour thème la vie gay de ces trente dernières années sans parler de cette hécatombe. Voilà une raison importante.

J'ai récemment rencontré une femme de 38 ans dans un train. Au bout d'un moment, elle me dit qu'elle avait perdu son mari dix ans auparavant dans un accident de voiture. On s'est rendu compte qu'à travers nos deux histoires très différentes, on avait beaucoup de choses en commun. On va devenir amis. C'est un peu pour elle aussi que je l'ai écrit.

Je crois qu'il est important de bien traiter les enfants dans les années si fragiles où ils essayent de trouver leur place dans le monde. On naît homosexuel comme on naît avec les cheveux bruns. C'est une sottise de dire, de penser même que nous avons le choix ou que notre sexualité résulterait d'une sorte de délibération personnelle. Ceci paraît évident. Pourtant, la vaste majorité des discours politiques et religieux à notre égard, les commentaires qu'on entend parfois dans le métro sur les « pédés », sont inspirés par ce genre d'idée.

Au moment où j'écris ces lignes, un évêque britannique fait la une de la presse en expliquant très sérieusement que les inondations qui viennent de toucher la ville de Hull sont le résultat de la colère de Dieu face à la prolifération des pratiques homosexuelles. On nous a accusé de beaucoup de choses mais le coup du réchauffement planétaire, c'est une première ! On est sorti du placard mais pas tout à fait de l'auberge...

On en fait beaucoup, et à juste titre, sur la protection des enfants dès leur plus jeune âge. C'est fondamental. Justement cela serait bien que l'on fasse aussi un jour autant pour protéger des enfants qui grandissent différemment des autres. Cela leur éviterait d'avoir à construire, à 7 ans ! des stratégies pour le moins aléatoires pour faire face à un monde qui ne sait pas les accueillir. En dépit de l'évolution spectaculaire des mœurs, c'est largement le cas encore pour d'innombrables enfants aujourd'hui.

Comment voulez-vous qu'un enfant grandisse un tant soit peu normalement lorsqu'on lui fait comprendre, jour après jour, qu'il a intérêt à cacher une partie si importante, si géniale même, de sa nature profonde ? Comment voulez-vous que ses relations avec autrui, que son épanouissement amoureux n'en portent pas les traces et ceci pendant des années ? Comment voulez-vous qu'il gère un tant soit peu normalement la façon dont il appréhende, tout le reste de sa vie, sa propre différence ?

Mes parents ne savaient rien de l'homosexualité. Ils étaient imbibés des préjugés de leur génération sur un sujet tabou. Ma mère est morte trop tôt pour me voir heureux avec un homme. Lorsque mon père est venu passer quelques jours avec moi et mon ami dans notre moulin, son attitude a changé du jour au lendemain.

Mes parents m'ont donné quelque chose de bien plus précieux en revanche et dont, en l'occurrence, j'avais nettement plus besoin. Tous deux m'ont appris, avec leur humour, une certaine distance vis-à-vis du monde ainsi qu'un entêtement à croire que les autres n'ont pas forcément raison. Je connais beaucoup d'homosexuels, hommes et femmes, qui n'ont pas eu cette chance inouïe. Ce n'est pas étonnant s'ils sont passés par des périodes de doute, de désaffection par rapport à eux-mêmes. Ces cicatrices plombent des vies entières.

Très jeune, j'ai compris instinctivement qu'il fallait reporter toute une partie de mon évolution à une période ultérieure. Je ne savais pas que j'irais un jour jusqu'à me couper de mes racines pour m'installer dans un tout autre pays. Cette voix intérieure m'a également permis de comprendre, plus tard dans la vie, que mes expériences de jeunesse m'ont forcément doté de quelques bizarreries dans la configuration de ma sexualité et de mes fantasmes. Une fois admises, autant en tirer le meilleur parti possible et transformer ces lubies en une source d'enrichissement. J'ai fait ce que j'ai pu pour affronter mes démons au grand jour. Je crois même pouvoir affirmer que je les ai baisés à fond la caisse !

Chose bizarre, je viens seulement de comprendre la vraie raison pour laquelle j'ai écrit un livre aussi inattendu, du moins pour moi-même. Cette prise de conscience est venue, soudain, d'une façon totalement anecdotique et à quelques jours seulement de la livraison du manuscrit à mon éditeur.

Cela fait vingt-cinq ans que je suis journaliste en France. Je suis infiniment plus à l'aise sur le clavier français du type *azertyuiop* sur lequel j'écris d'innombrables articles, lettres, ainsi que le volumineux contenu de mes journaux intimes dont vous avez eu un léger aperçu. Je peste même quand je me retrouve dans les cafés internet de Londres, obligé d'en découdre avec le clavier anglais du genre *qwertyuiop* qui est pourtant celui sur lequel j'ai appris à taper.

Eh bien, en relisant la première version à chaud de ces deux dernières pages, je me suis aperçu que j'avais fait quelques fautes de frappe inhabituelles. En regardant de plus près j'ai vu que j'avais confondu à plusieurs reprises le positionnement de quelques *a*, *s*, et *w*. Deux ou trois virgules se sont pointées là où je pensais avoir tapé des points à la ligne…

Je me suis rendu compte qu'en rédigeant ces quelques paragraphes, apparemment mes doigts se sont crus transportés sur un vieux clavier surgi du fond de mon enfance cornouaillaise. C'est comme si, tout d'un coup, le petit garçon s'est levé pour prendre la place occupée jadis par sa mère à côté de sa vieille machine à écrire bruyante. Et là, avec patience et très clairement, il s'est mis à dicter à l'homme de cinquante ans tout ce que lui, dans son temps, dans son monde et dans son univers, il ne pouvait pas encore dire tout haut…

9075

Composition
Nord Compo
Achevé d'imprimer en Espagne
par LITOGRAFIA ROSES
le 21 septembre 2009.

Dépôt légal septembre 2009. EAN 9782290009864

ÉDITIONS J'AI LU
87, quai Panhard-et-Levassor, 75013 Paris

Diffusion France et étranger : Flammarion